AF397516

J.M. CÓRDOVA

# VIVIR SIN ESPERANZA

Editorial: BoD – Books on Demand, Stockholm, Suecia
Impresión: BoD – Books on Demand, Norderstedt, Alemania
ISBN: 978-91-7969-668-9

J.M. CÓRDOVA

# VIVIR SIN ESPERANZA

Sé que el tema espiritual se interpreta según la convicción religiosa de cada quien y muy frecuentemente hacemos dilucidaciones basadas en esa fe que profesamos. En lo personal, me he apartado de los dogmas religiosos porque creo que la espiritualidad es la práctica de las doctrinas profundas que nos llevan al camino de la evolución. Y no de la adoración.

Segunda Edición

Año 2006, Aeropuerto de Zúrich, 7 de la tarde, la doctora Schneider y su inseparable amiga, Úrsula, esperaban impacientes el vuelo CV5861 de SWISS International Air Lines, procedente de la ciudad de Estocolmo, Suecia. El tiempo transcurría y ya comenzaban a tener presentimientos lógicos, causados por la tardanza.

"Algo pudiese haber sucedido, quizá, algún imprevisto". En fin, no les queda opción que seguir nerviosamente aguardando.

A la misma hora, en el Aeropuerto de Estocolmo, Arlanda. Mi esposa Carla, y este confeso pacientemente se encaminaban al puerto de embarque sin poder siquiera intuir lo que acontecía en el Aeropuerto de la ciudad de Zúrich.

Exactamente, 2 horas y 25 minutos más tarde, llegábamos a tierras Helvéticas, fue entonces cuando desmadejaríamos todo aquel gatuperio.

Carla, había enviado incorrectamente el horario de llegada notificando a la doctora el tiempo de salida de la ciudad de Estocolmo. En aquel momento, este "pequeño" enredo terminó únicamente en una anécdota un poco incomoda, aunque, para mí fue más que esto, fue el indicio de que algo no andaba bien pero no quiero adelantar acontecimientos.

Las grandes ciudades por denominador común comparten un inconveniente que, además de caro es bastante desagradable por el estrés que acostumbra a ocasionar, me refiero al sistema de párquines y por supuesto al exagerado tráfico.

Zúrich, es una ciudad cosmopolita como muchas otras europeas, podríamos situarla entre lo antiguo y lo moderno combinación perfecta para aquel que busca perderse en el tiempo. El término municipal de la ciudad, tiene una superficie de 91,88 km². Está situada donde el rio Linmat confluye en dirección noroeste con el lago de Zúrich a unos 30 km de los Alpes.

Lindenhof es una de las partes más antiguas de la ciudad, desde aquí se puede apreciar el rio Linmat, asimismo, desde este lugar se tienen vistas a la colina opuesta donde se allá ubicada la Universidad Politécnica de Zúrich.

Este lugar académico, si mi memoria no me falla, ya que el paso del tiempo es inexorable y ya han pasado muchos años, creo, tiene mucho significado en la vida de la doctora Emma Ester Schneider, Emma, así es llamada por todas las personas que hemos estado en las periferias de su vida y le admiramos por el trabajo altruista que ha realizado a lo largo de su productiva vida alrededor del mundo, ayudando a concretar proyectos en pro de los desposeídos que son siempre los olvidados. Aquí, nació la relación y esa bonita amistad que unía su vida y la de Carla.

No entraré en más detalles, pero allí surgió una gran amistad.

La estación de Hauptbahnhof es la estación central de trenes de la ciudad, una edificación atractiva y céntrica. El rio Sihl pasa por debajo de ella lo que hace de esta construcción un prodigio de alta ingeniería.

Caminado a lo largo del rio Linmat se llega a Bellevue, un lugar muy emblemático que concentra gran cantidad de líneas de tranvía. Sechseläutenplatz, aquí, en un extremo, se halla la Ópera de Zúrich, esta plaza es bastante especial por sus emblemáticas sillas dobles, "para exhortar a la gente a sentarse en pareja" y así poder hacer nuevas amistades. Aunque, en tiempos de coronavirus, desgraciadamente, sin la menor duda habrá ya cambiado esa práctica.

El emblemático Museo Nacional Suizo, por su fenomenal mezcla de arquitectura clásica y moderna no defraudará a los amantes del arte ya que no tiene desperdicio.

Zúrich, ha sido designada en más de una ocasión como la ciudad con mayor calidad del mundo. Es una ciudad original, multicultural, vanguardista y como no podía ser de otra manera repleta de historia a la que le sobran razones para ofrendarle unos días de paseo y diversión.

Entre todos los barrios que conforman esta atrayente ciudad destaca Altstadt, o Casco Histórico, es aquí donde se concentra la mayor parte de atractivos de la bella ciudad. Esta zona ha sido "agraciada por la vida" ya que no ha padecido destrucción, jamás conflicto bélico afectó sus calles, plazas y construcciones por lo que su arquitectura se conserva intacta tal cual fue su origen.

Emma, como anfitriona, incomparable, y como guía turística, la mejor. Fue un lujo, una gozada, escuchar sus relatos históricos de cada ciudad y lugar que visitamos, sencillamente extraordinario aquel viaje, creo, pocos tendrán la suerte de conocer casi todo un país en compañía tan amena. Entre anécdotas, risas, bromas y recuerdos recorrimos montañas, valles, ríos y ciudades, paisajes como muy pocos en el mundo. Suiza, es un país donde sería pecado no repetir.

Ciudad medieval de Lucerna al pie del Monte Pilatus. Esta ciudad tiene sus orígenes a finales del siglo XII, hasta nuestros días muchos de sus edificios de origen medieval conforman el abanico de atracciones de esta antigua y bella ciudad. Probablemente, esta sea la ciudad más visitada de Suiza, hay estadísticas que sugieren que es visitada por cerca de 9 millones de turistas cada año.

Se dice que Lucerna es la puerta a la Suiza Central, a orillas del Lago de los Cuatro Cantones y "cercenada" por el rio Reuss, tiene cerca de 60 000 habitantes, aquí también encontramos el contraste entre la modernidad y los tiempos que ya se han marchado, dejando únicamente vestigios de un pasado inolvidable como fiel testimonio de su majestuosidad, esto queda reflejado en sus plazas, iglesias y callejas adoquinadas.

El fascinante e incomparable puente de madera de Kapellbrücke atraviesa el rio Reuss. Caminar por este hermosísimo lugar te llena de energías positivas y recuerdos imperecederos que te acompañaran hasta que ocurra el nuevo "reseteo" de tu vida.

A la otra orilla de la conocida zona de embarcaderos del lago, está ubicada La catedral de Lucerna, es fácil distinguirla por su inconfundible torre gótica, alta, posee un estilo renacentista alemán y se remonta a 1639. Dato curioso, dentro, alberga una pequeña guardería para los padres que deseen ir a misa y quieran llevar consigo a los más pequeños de la casa.

A Arthur Conan Doyle, le fascinaba el país helvético, tanto que, cuando decidió concluir con su famoso detective, Sherlock Holmes, únicamente, le vino a la mente como posible escenario para consumar tan luctuoso episodio el fantástico entorno del pueblo de Meiringen, situado entre Lucerna e Interlaken.

A nuestro paso por Meiringen, nos detuvimos a unos cuantos metros de la estatua de tan conocido y recordado personaje que se halla frente al Museo Sherlock Holmes, historia, que también fue detallada por nuestra conductora con pormenores particulares.

Quien no recuerda la historia de Guillermo Tell, a pesar de que el tiempo se ha esfumando de nuestras vidas, presurosamente, persiste entallada casi intacta en algún lugar de nuestro subconsciente, y se resiste con pertinacia a desparecer de aquellos inolvidables recuerdos de nuestra niñez.

Guillermo Tell, está considerado como héroe nacional suizo. Su figura se identifica con la lucha por la libertad política e individual. Héroe mítico de la independencia suiza allá por el siglo XIV.

Según la leyenda, Guillermo Tell era un ballestero que gozaba de muy buena fama, famoso por su puntería, que desafió la autoridad del gobernador Gessler al negarse rotundamente, a saludar a su sombrero.

Gessler lo obligó como castigo a disparar con su ballesta y atravesar una flecha a una manzana puesta sobre la cabeza de su propio hijo, pero siendo este un experto ballestero superó la prueba con éxito. Entonces, el gobernador fuera de sí, al verse obligado a dejarle libre, lo encarceló, pero este consigue evadirse de la prisión y posteriormente darle muerte. Esta historia enmarca una época en la que los cantones suizos luchaban por su independencia del Imperio Alemán. Según cuenta la historia, Alberto, emperador de Alemania, hijo de Rodolfo de Habsburgo, había decidido someter a los suizos y convertir el país en un Estado hereditario para la casa de Austria. Para poder conseguirlo envió gobernadores, a quienes encargó que tratasen a los habitantes con firmeza para que estos al final cansados de los abusos se revelaran y así justificar la ocupación militar.

Finalmente, en el año 1389, la Confederación Helvética proclamó su independencia de los Habsburgo. Desde entonces la historia de Guillermo Tell ha corrido de boca en boca, y siglos más tarde fue tomada para ser difundida como insignia característica de la lucha por la libertad.

En nuestros días en Altdorf (Suiza) existe una estatua de bronce y una placa, en memoria de la hazaña de Guillermo Tell y de la libertad suiza. También se puede oír en ese lugar la historia del fallecimiento de Tell, que explica que murió en las aguas del Valle de Schäden, ahogado, al intentar salvar a un niño que había caído en las aguas.

Parte de esta popular historia me fue narrada por nuestra guía aquella cálida y soleada tarde veraniega, en el lugar donde se cree descansan los restos de Guillermo Tell.

La mañana se presentaba de nuevo como los días anteriores de aquel verano del año 2006, muy soleada y bastante cálida. Las campanas de las iglesias de la ciudad de Zúrich parecían amanecer con el mismo ánimo que en días anteriores, con su peculiar replique llamaban a los feligreses hacia su sacro recinto.

Este particular y pintoresco ritual acabó convirtiéndose durante nuestra estancia en la ciudad, en parte esencial de nuestros despertares cotidianos.

Para aquel día teníamos proyectado una caminata por los Alpes suizos, nuestras anfitrionas: la doctora Emma Schneider y nuestra recordada amiga, Úrsula, se habían encargado minuciosamente de programar aquel agradable paseo por las montañas.

Después del ligero desayuno, yogurt, melón, café y biscochos, todo estaba ya dispuesto. Aquel encuentro con la naturaleza que estaba por empezar me trajo recuerdos inolvidables de mi infancia.

En los Alpes se manifiesta la vida natural en todos sus matices, el color verde esperanza abunda por toda su campiña, y los abundantes nacimientos de agua refrescan en su paso a los afortunados andantes que tienen la dicha "de perderse" por este paraíso terrenal.

La tranquilidad y la pujanza de las montañas milenarias hacen que los caminantes se sientan regocijados de tanta belleza. Desde las simas el dominio del paisaje es insuperable, un baño alborozado para la vista del visitante.

Por todos aquellos parajes abundan las flores, una historia medieval habla del mítico y místico edelweiss, Emma, me relató una historia de amor donde esta mítica flor se ve involucrada, pero antes de narrarla me gustaría describir esta delicada flor. Esta maravilla de la botánica posee pétalos lanosos blancos. Está fuertemente coligada a los Alpes que cualquiera podría creer que en efecto son sus orígenes suizos, sin embargo, es originaria del Himalaya y Siberia.

En la segunda mitad del siglo XIX la flor que los botánicos de Zúrich llamaban "flor de lana" se hizo conocida con el nombre de edelweiss, y con el tiempo terminó convirtiéndose en objeto de culto en Suiza, y sigue siendo hasta nuestros días una de las imágenes más cónicas del país.

Adorna desde aerolíneas, monedas o como logo de turismo. Realmente no es una flor sino más de 50 a 500 flósculos diminutos agrupados en dos cabezuelas amarillas rodeados de 5 a 15 hojas blancas aterciopeladas dispuestas en forma de estrella.

Una de las historias más célebres contadas de la mítica flor de edelweiss, según el relato de la doctora, es la del joven que arriesgó su vida trepando la pared rocosa y empinada de una montaña para cortar las codiciadas flores de edelweiss para una mujer como demostración de su amor y coraje.

Al parecer no fue este el único intrépido, fueron varios, y muchos de ellos terminaron embarrancados perdiendo la vida. Literalmente murieron por amor.

Se dice que cuando se usa como incienso, el humo aleja los espíritus que atacan el ganado y causan infecciones en la ubre. También se creía que tenía poderes mágicos.

En la serie clásica de 1970 Astérix en Helvecia, Astérix y Obelix son enviados en búsqueda de la flor de edelweiss o lo que se conoce como "estrella de plata", para usarla como antídoto para un veneno.

Por estas latitudes los cielos alpinos sufren cambios constantes, de un cielo azul a uno ligeramente nublado en cuestión de minutos.

Mientras mis acompañantes disfrutaban de un merecido descanso, el que hoy escribe este relato, retozaba como crio por los peñascos. De cuando en cuando se escuchaban retumbos procedentes de las altas montañas, el desprendimiento de nieve por la época veraniega es bastante común por estas regiones.

Emma, sin yo saberlo se hallaba un tanto preocupada por "mi inquietud infantil", y era para estarlo. Si bien es cierto las montañas son muy atrayentes y los paisajes son fantásticos, no obstante, las montañas entrañan múltiples peligros que no pueden ser desdeñados por mucha experiencia o buena condición física que se tenga, esto lo saben muy bien los montañistas rutinados, como era el caso de nuestras acompañantes.

El peligro de la montaña aumenta con la altitud debido a la disminución de la presión atmosférica y la falta de oxígeno no se hace esperar. Aunque, nos hallábamos a 2500 metros de altitud esto probablemente podría afectar a personas poco habituadas a estas alturas, si bien, este no era mi caso ya que crecí en una pequeña comunidad situada a 2200 metros sobre el nivel del mar.

Desde iniciada la caminata pude observar que Carla se sentía incomoda, caminaba siempre a la zaga y por momentos se detenía. En un leve descanso pude notar en su rostro desgano y "poco interés" por aquel paseo. Alcancé, por su conducta intuir que algo sucedía. Sabía que por su afición al tabaquismo su condición física era marcadamente frágil y que la abstinencia le ocasionaba enfado y desesperación.

Decidí hacerle compañía. Úrsula, ya había tomado delantera y desaparecido de nuestra vista, la doctora, trataba de seguirle el dinámico ritmo.

Entonces, aproveché para insinuarle que quizá, un cigarrillo le vendría bien aprovechando que ya habíamos perdido el paso y nadie nos observaba.

Ella, admiraba mucho a la doctora Schneider e intentaba no quedar mal con ella, ya que era su madrastra y como tal siempre fue muy respetuosa con ella. Además, se le hacía fatal sacar un cigarrillo en aquellas circunstancias.

No necesité hacer mucho esfuerzo para lograr convencerle. Luego apresuramos el paso y dimos alcance a las dos montañistas.

Por fin, llegamos a la cima, el descenso hacia el hotel, situado a unos dos kilómetros montaña abajo sería un simple y agradable paseo. A pesar del meritorio descanso y el refrigerio no advertí cambio en su semblante, ya comenzaba realmente a preocuparme, por momentos pasó por mi cabeza que quizá, se tratase de una infidelidad, y todo este lio le traería sin hálito y deseo de disfrutar aquel imperecedero paseo.

En esos momentos de desconcierto y duda, se atravesaron de nuevo por mi mente los recuerdos del incidente en la confusión de los horarios de vuelo.

Y me preguntaba: ¿tendrá relación?

La respuesta la tendría ese mismo año, pero en otras latitudes. Sin yo intuirlo, aquel año 2006, sería muy especial. Muy diferente, y tanto, que jamás lo olvidaré el resto de mi vida.

Días más tarde volvimos a Escandinavia, la vida siguió su curso envolviéndonos en los que haceres cotidianos apartando de nuestros recuerdos aquellos entrañables momentos vividos en compañía de nuestras queridas y muy recordadas amigas.

Después, de algunas semanas sin yo saberlo, Carla, había preparado una nueva "escapada turística" que me tomó, si he de ser sincero, desubicado, no me lo esperaba.

Esta vez el desplazamiento tendría otras connotaciones un poco diferentes a las vividas en los tranquilos Alpes, suizos. Todavía, un tanto intrigado por la extraña actitud de Carla, no quise hacer preguntas y asentí con entusiasmo, y dejé en manos de ella la gestión de los preparativos de aquel insospechado e inesperado viaje.

A los pocos días, dado a que los ciudadanos suecos no precisaban visa para ingresar a tierras estadounidenses, sin más quedaba únicamente ordenar las reservaciones. Esta vez, nuestro destino final, "la Gran Manzana", Nueva York.

Aunque no padezco de fobia, los viajes largos en avión me desesperan y, lo paso fatal, en cambio Carla, solía disfrutarlos. Ni siquiera durante las turbulencias oceánicas se alteraba.

Este viaje no era el primero a esta ciudad, habíamos ya estado en un sinfín de ocasiones, lo que nunca imaginé fue que aquel inesperado viaje sería el último que haríamos juntos.

La atmosfera, y el olor de esa gran ciudad queda impresa en los sentidos que hace muy difícil olvidarla.

El aeropuerto John F. Kennedy, es uno de los más grandes del mundo, por sus pasillos se cruzan viajeros de todas las nacionalidades imaginadas, personas de diferente procedencia, colores, idiomas y razas, hasta los atuendos se salen de "la normalidad", pero algo comparten en común, todos tienen prisa por llegar a su destino.

Creo, esta ciudad es uno de los mejores destinos urbanos a escoger, hay tanto que ver y disfrutar. Muchas películas han inmortalizado un sinfín de lugares emblemáticos de esta urbe, y esto la ha hecho más atractiva.

Lo que llama bastante la atención, es el buen rollo de los neoyorquinos, aunque, con prisas siempre de buen humor y buena disposición a ayudar a los demás transeúntes.

En Nueva York, como de costumbre esperaban por nosotros otros amigos muy entrañables. Cada llegada fue siempre la misma atención, algo que siempre agradecimos y jamás olvidamos.

Aquella mañana, el calor había ya empezado a apretar, aunque, Carla de siempre había evitado hacer caminatas en días como este, esta vez fue ella la que me pidió ir a Manhattan. A mí, el calor, por el contrario, no me abate, me fascina. Aunque, si he de ser sincero el calor combinado con aquella pegajosa humedad de aquel mediodía era insoportable.

Como de costumbre, abordamos el tren A exprés ruta directa hacia Manhattan, este recorrido si bien es cierto es más rápido no deja de tener sus bemoles ya que el tren circula a una velocidad "vertiginosa" y por momentos despierta los malos augurios.

Notaba la mirada despistada de Carla y el brío de sus ojos un tanto apagado, de cuando en cuando nos cruzábamos unas palabras.

"El congelante" ambiente dentro del tren por momentos se tornaba desagradable, penetraba a través de nuestras ligeras prendas de vestir contrastando con el calor abrumante y desbastador de la superficie exterior.

Por fin, llegamos al corazón de la Gran Manzana, si he de ser franco aquel "horno" no era el más adecuado para recorrer las calles asfaltadas casi a punto de derrite, del centro de aquella cosmopolita ciudad.

Nos refugiamos en un pequeño café, y aunque, suene irónico aquella bebida caliente y el blando croissant lo degustamos como pocas veces.

¡No sé!, ni entiendo por qué de aquello.

Después de tantos años de convivencia creía sentir que no nos conocíamos del todo pues jamás pude adivinar aquel comportamiento de Carla, aquel raro "capricho", ir bajo el sol abrumador casi asfixiante al centro de la ciudad cuando odiaba encontrarse en estos escenarios circunstanciales.

Sin embargo, no hice comentario, no me pareció justo hacerlo en aquel momento. Ni fui capaz de percibir que algo andaba mal. O simplemente, tenía pavor que los extraños augurios que repiqueteaban en mi mente en las montañas alpinas no fueran infundados.

Los estragos del viaje y el cambio de horario causan los primeros días cansancio y, a veces hasta irritación.

Aún, no recuperados de estos trastornos recibí una nueva sorpresa. Al día siguiente, salíamos hacia Orlando, Florida. En aquel lugar habitaba la madre de Carla, quien, cansada de los largos inviernos y los inconvenientes de la nieve, en Nueva York, determinó con su esposo radicarse por esta región.

Arribamos a las 10 de la noche, aquí, nadie esperaba por nosotros. Como lo convenido, en el aeropuerto de Orlando recogimos el pequeño coche que, sin yo saberlo, había sido reservado desde Escandinavia.

Este lugar es uno de los destinos preferidos de los estadounidenses jubilados, y por cuestiones idiomáticas también, de latinoamericanos. Aquí el promedio de temperatura es de aproximadamente 24 grados centígrados durante el año, creo este es el mayor atractivo.

Miami es un lugar que atrae sobre todo por su espléndido sol y sus fantásticas playas de arena blanca, a lo largo de sus 13600 kilómetros de costa.

Hay algo muy particular en esta región que independientemente, donde te encuentres en Florida, nunca te hallarás a más de 90 kilómetros de una playa.

Esta cálida región se halla ubicada a 30 metros sobre el nivel del mar, razón por la cual (no es oro todo lo que brilla) está expuesta a la virulencia de las tormentas tropicales.

Durante nuestra estancia pudimos visitar Daytona Beach, en este emblemático lugar acontece cada año un evento internacional que los amantes del automovilismo esperan con vehemencia, me refiero a la carrera anual Daytona 500 NASCAR, que justamente se celebraba por aquellos días de nuestra visita, y la ciudad estaba a reventar, llena de bullicio y colorido.

Disfrutamos de igual forma la visita realizada al Centro Espacial Kennedy, en Cabo Cañaveral, esta es una de las bases estratégicas más importantes de la NASA junto a la de Houston, en Texas. Desde allí han partido múltiples misiones espaciales que han marcado el rumbo de la historia de la humanidad.

Tuvimos una semana bastante agitada, pero reconfortante en todos los planos, sobre todo en el espiritual, disfrutamos maravillosamente cada momento, cada instante de aquella estadía en la soleada Florida. Había tanto que ver por los alrededores, pero de igual forma no podíamos malgastar aquellos momentos para que Carla, compartiera con su madre. Que supongo, fue lo que le trajo aquí. "Estirando" el tiempo, dedicamos un día a la visita del particular parque de diversiones Disney World, este es un complejo de parques temáticos situado relativamente cerca de la ciudad de Orlando, Florida.

Posterior a la muerte de Walt Disney, que ya había cumplido el sueño de crear el parque en California (Disneyland) abrió sus puertas el primer parque del complejo, conocido como, Magic Kingdom (Castillo de Cenicienta) a este se le fueron sumando otros como: Epcot, Disney's Hollywood Estudios y Disney Animal Kingdom.

Además, cuenta con dos parques acuáticos, un complejo deportivo con varios campos de golf y una pista de carreras.

Magic Kingdom, se especula que es el parque temático más visitado del mundo, se calculan en torno a 20 millones de turistas al año.

Como todo en la vida, este viaje llegó también a su fin, debimos retornar a Nueva York llevando un cumulo de recuerdos en nuestra mente para la posteridad.

A los pocos días de hallarnos en Nueva York, surgiría de nuevo otra sorpresa, que si he de ser sincero era lo que menos esperaba, todo estaba preparado de nuevo, maletas y todo lo necesario empacado, al día siguiente, a eso de las 5 de la mañana, saldríamos con rumbo a Centro América, Guatemala, pero esta vez el viaje se presentaba un poco diferente ya que no viajaríamos solos.

Muy de mañana nos encaminamos al Aeropuerto La Guardia, el mismo, donde embarcamos a Florida.

Haríamos un itinerario un poco raro, volaríamos primero a Honduras, luego a el Salvador y por último llegaríamos a nuestro destino, Guatemala. Todo esto me agarró por sorpresa que no alcancé siquiera a prepárame, emocional ni psicológicamente, y resultaba difícil ubicar lo que estaba aconteciendo.

Arribamos al Aeropuerto Internacional la Aurora, situado en Ciudad de Guatemala. Realmente, me hallaba bastante confundido, había dejado mi país hacía ya muchos años y por los periódicos digitales me enteraba que las cosas no andaban nada bien.

Después de vivir en completa calma en Escandinavia, donde salía a pasear con mi perrita a las doce de la noche sin encontrar una sola "perturbadora" alma en la calle, sentía si he de reconocerlo, pavor, de lo que me hallaría por las calles de mi recordada Guatemala, que llevo siempre en mi recuerdo y siempre será parte de mi vida. Como olvidar al país que te vio nacer, su gente, su historia, su folklor y sus extraordinarios paisajes.

Este sería un viaje relámpago, 4 días, ¿qué hacer en 4 días? En un país como

Guatemala donde todo se movía entorno a las diversiones.

La vida aquí, había cambiado me pareció hallarme en otro país, con pena debo admitir que no fui capaz de reconocer a nuestra llegada el barrio donde deambulé por muchos años. Todo aquello estaba cambiado, miraba a través de la ventanilla del auto queriendo reconocer a aquellos que iban y venían sin siquiera enterarse que estaban siendo observados por los ojos curiosos de este incrédulo "viajero del tiempo".

La violencia también había salpicado este pequeño barrio, dos días antes de nuestra llegada, una pareja de enamorados había sido asesinada por los alrededores de la vecindad. Esto como no podía ser de otra manera hizo sonar las alarmas y comenzamos a ser presa del pánico. Los relatos de los vecinos tampoco eran muy halagüeños ya que las pandillas también merodeaban por los entornos y según ellos, era sumamente arriesgado salir a la calle sin sufrir un casi eminente atraco.

En el siglo pasado la violencia formó parte de la vida cotidiana de los guatemaltecos, nuestro país se hallaba tristemente sumido en la guerra civil, las discrepancias entre gobierno y pueblo desencadenaron actos injustos, y, sobre todo, episodios de verdadero terror.

Los militares reprimieron con crueldad al pueblo inocente, estos procederes equivocados de las administraciones despóticas vitalicias ocasionaron un derrame de sangre, un genocidio, aunque, algunos líderes políticos (militares) jamás lo aceptaron como tal. Todos los guatemaltecos que vivimos aquellos tempestuosos años sabemos que así fue, pueblos enteros fueron destruidos y sus habitantes muertos o desaparecidos. Los militares gobernaron "a golpe de botín" durante más de 30 años, de manera cruel e inhumana.

Por aquellos atormentadores tiempos la violencia dejó de ser noticia para convertirse en una cotidianidad inicua y absurda.

Los disparos de armas de fuego por las calles, los cadáveres abandonados en la vía pública, así como los vehículos "extraños" sin placas de identificación repletos de hombres armados, todo aquello se convirtió en parte de nuestra vida "normal" que ya ni siquiera nos sobresaltábamos de aquellos sucesos.

Sin embargo, después de tantos años fuera de aquel ambiente ver hombres armados por cualquier sitio era acongojante, la inseguridad era tal que nadie confiaba en nadie, y el día a día, indubitablemente era estresante.

Hay cosas en la vida difíciles de entender, en aquellos 4 días hicimos tantas cosas que no puedo ni siquiera explicar, ¿cómo, pudimos realizarlas?, e incluso, alcancé a visitar la tumba de mis padres.

Fueron cuatro días "comprimidos" que extrañamente me parecieron eternos, nunca había vivido una sensación tan extraña de la percepción del tiempo como por aquellos días. Ya han pasado muchísimos años de esta visita y aún tengo muchos recuerdos. El ruido y el vaivén de las olas del mar, el desgaste de la pintura pintoresca que engalanaba el panteón de mis padres y, el olor de las flores recién cortadas que adornaban la última morada de los que allí "vivían".

Todo esto ha quedado impreso en lo más recóndito de mi ser.

Al volver a Nueva York, conforme se acercaba el regreso a casa notaba mucha tristeza en el semblante de Carla, a pesar de estar rodeados de mucha gente y sobre todo de su familia el ahogo que le atormentaba no le dejaba en paz.

La vida en Estados Unidos, siempre ha sido muy especial, no sé hoy, después del efecto de la pandemia, pero entonces, el derroche en todo formaba parte de la idiosincrasia del país norteamericano y los latinoamericanos también se habían envuelto en aquella espiral favoreciendo al consumo, a veces excesivo.

Obviamente, en aquel país la gente se deja la piel trabajando. Y los pocos ratos libres que quedan hay que aprovecharlos disfrutando de los convivios familiares casi puntuales.

Aquella tarde asistíamos a uno de estos. La alegría envolvía aquella yarda (patio trasero), la música tropical sitiaba una buena parte del vecindario.

Para mi aquello se antojaba un poco extraño, pues en Escandinavia la gente se divierte de manera más discreta y sin mucha participación familiar. Y sería muy difícil que un acontecimiento de estas características pudiera realizarse sin la presencia policíaca. Aunque, los tiempos han cambiado y la sociedad se ha tornado un poco más tolerante.

Naturalmente, si tuviera que escoger entre los dos modelos. Me quedo con la alegría.

Carla, sentada en las gradas que llevaban a la cocina, fingía por momentos sonreír, y desde allí observaba el ir y venir de los alegres comensales que al calor de las copas ya habían creado "su propio mundo", perdiéndose en el contagioso ambiente de alegría y fraternidad.

Este acontecimiento tenía un motivo especial, nuestra despedida. Al día siguiente volveríamos a casa. Y esta era la razón de la nostalgia de ella.

Aquella tarde, mi vida tomaría otro rumbo que aún hoy a pesar del tiempo sigo esperando que vuelva a la senda para poder seguir caminando juntos. Sé, que es únicamente una quimera y que la vida ya no volverá ser lo que un día fue.

A veces, cuando lo tenemos todo apenas lo echamos de ver y hacemos de nuestra vida una calamidad, importándonos "un comino" el sufrimiento ajeno. No culpo a nadie, es un comportamiento racional dentro de nuestra irracionalidad.

Jamás, estamos conformes con lo que tenemos, siempre queremos tener más y el esfuerzo por materializar aquellas aspiraciones no deja que volvamos la mirada hacia aquellas personas que viven sufriendo los vaivenes del destino. Ignorando, que este a veces acecha como ave rapaz sobre nuestra vida y cuando menos lo esperamos da el traicionero zarpazo arrebatándonos lo más preciado de esta.

«Con los ojos humedecidos, por las lágrimas discretas, me confesó el más guardado secreto que a pesar de tanto tiempo nunca pude interpretar. Fue tan difícil asimilar aquellas quebrantadas palabras que salieron de lo más profundo de su corazón, entrecortadas, como queriendo detener el tiempo para dilatar en él, aquel desconsolador secreto».

A los 44 años, Carla, fue diagnosticada con una enfermedad rara, entonces sabía muy poco de ella, o más bien dicho casi nada, esclerosis múltiple, primaria progresiva, una enfermedad feroz y degenerativa, la cual la ciencia hoy comprende, pero desconoce casi todo de ella. Los síntomas pueden ser muy diferentes.

El tipo de síntoma y su evolución dependerá de la persona afectada, cada caso es único y varía de persona en persona.

La esclerosis múltiple es una enfermedad del cerebro y la médula espinal (sistema nervioso central) que provoca invalidez. El sistema inmunitario ataca la capa protectora (mielina) que recubre las fibras nerviosas y causa problemas de comunicación entre el cerebro y el resto del cuerpo. Con el paso del tiempo la enfermedad puede causar deterioro y daño permanente de los nervios, además de los dolores espantosos que provoca.

Recuerdo aquel artículo de prensa, como si fuese ayer, sentí terror al leer lo que aquel enfermo pedía como alivio a su sufrimiento, su nombre: Luis de Marcos, lo trasmito porque él hizo público su doloroso mensaje. Padecía al igual que Carla, esclerosis múltiple progresiva.

Sus dolores eran insoportables y su cuerpo paralizado ya no soportaba aquel martirio. Los últimos meses el proceso degenerativo se había agravado y tenía muchas dificultades para hablar y respirar.

Lo único, que reclamaba aquel pobre hombre era algo justo: el derecho a morir. Sé que suena terrible, cuando lo más preciado que posee un ser humano, es justo, eso, la vida. Pero cuando la vida es un martirio el derecho a morir con dignidad debería ser un deber.

Es tan difícil aceptar estos momentos cuando se cruzan en nuestro camino, como familia, como padres, como esposos y como hijos no quisiéramos que aquel ser que hemos amado con toda el alma siguiera su camino. Quizá, sea egoísmo, ¿no lo sé?

Nos aferramos reciamente a este plano enraizándonos en su infinita materia, lleno de imperfección y sufrimiento y no somos capaces de vislumbrar más allá de esa perspectiva.

El ser humano necesita mucho que aprender, mucho le espera por descubrir para poder entender convincentemente el sentido de la vida.

Desde que llegamos a este mundo; el mundo ha sido el mismo, seguimos viviendo de miedos, incertidumbre y mentiras. Ese ha sido el destino fatal de nuestra creación, sometida a los designios de alguien o de algo que no deja apartarnos de esa oscura realidad.

Desde aquel momento la vida de Carla dio un giro radical, gradualmente, comenzó a perder sus facultades, el día a día se convirtió en una odisea, las lágrimas en silencio se convirtieron en un desgaste que terminó sumiéndole en una depresión absoluta.

Sabía, que aquel trabajo en el que había puesto tanto empeño pronto, aunque, ella así no lo deseara iría alejándose de su vida rutinaria hasta esfumarse para siempre dejando un vacío inimaginable.

Al comenzar los dolores crónicos notaba como sus ojos aguantaban aquellas lagrimas que eran ya casi imposible de contener. Ella, se aferró a la vida, luchó como una gran guerrera, pero el dolor era difícil de soslayar.

¿Cómo podría un ser humano tan frágil e indefenso hacer frente a aquel abominable sufrimiento?

Cuando te enfrentas ante estos drásticos cambios en tu vida. Luchas o sucumbes. Son las únicas alternativas. Ella, sabía que, aunque lentamente, caminaba al encuentro de la muerte.

Cuando sus ruegos a aquel Dios que la Iglesia nos ha hecho creer, literalmente se había convertido en pérdida de tiempo, acabó "enemistándose" con Él. Y, desde aquel día jamás quiso volver a escuchar de Él.

Cuando pierdes la fe y la esperanza ya no te queda nada, absolutamente nada, y comienzas a cuestionar ¿porque nadie te escucha?

Los religiosos, sin la menor duda tienen respuesta a estas interrogantes porque siguen al pie de la letra las enseñanzas del pasado y creen estar en posición de la verdad. Así de fácil, le dejamos a Dios nuestras penas y sentados a esperar el milagro y, si este no sucede, pues… son designios de Él, y hay que acatar su voluntad.

Cuando el destino sin darte cuenta te ha señalado, tú, inocente le plantas cara a la vida sin siquiera intuir que lo que esta te ofrece son migajas y que más temprano que tarde aborrecerás, mientras otros se aferran a ella haciendo de sus cuerpos una "vaina, un antro de vicio". Y llegará el momento que renegarán hasta de haber nacido.

La vida es extraña, ¡claro que lo es!, porque no es justa para todos.

¿Porque Dios tiene preferencia por sus hijos?

¿Porque no escucha el sufrimiento y los lamentos de aquellos que padecen junto al deterioro incesante de su organismo el hundimiento progresivo de su mente?

Y van apagándose día a día, perdiéndose en un mundo lleno de crueldad, tristeza e incomprensión sin que las oraciones elevadas a Él surtan el más exiguo efecto. Cuando te hayas en esta encrucijada de la vida se te hace complejo entender el papel de Dios, y más su indiferencia. Su lucha se prolongó por muchos años, perdió su trabajo, sus facultades neurológicas aceleradamente fueron mermando, su salud de igual forma, a extremos inimaginables. La movilidad hacía cada día de su vida un martirio.

"Había literalmente tirado la toalla", comprendiendo que ya no había esperanza alguna. Cada día era una tortura. El sufrimiento emocional era desbastador, como tener el cuerpo encerrado en una cámara de tortura.

Lo único que medio le funcionaba aún, era el cerebro, aunque de manera deficiente pues ya no podía entender ciertos "comandos".

Su vida transcurría encerrada entre cuatro paredes aislada en aquella pequeña habitación, pasaba allí las 24 horas del día. No podía siquiera rascarse la nariz tampoco pedir que alguien lo hiciera por ella, pues su vos ya había desaparecido. Por las noches, la terrible incertidumbre de que algo ocurriera durante el sueño era atormentador, para mí, como compañero, aquella difícil situación era emocional y físicamente desgastante. A extremos, que al igual que ella, a veces me daban ganas "de tirar la toalla", y, cuando ya no podía con aquella atormentadora carga, me recluía en alguna habitación para descargar todo aquel insoportable dolor, anegando mi rostro con el sabor amargo de mis lágrimas.

Pero hay algo que debo admitir, el ser humano es muy afanoso y en estas condiciones se empecina y lucha con ahínco movido por una fuerza de voluntad increíble y extraña.

Cuando terminó en silla de ruedas, en muchas ocasiones la hallé tirada ensangrentada en el cuarto de baño, muchas veces por la madrugada, no sé, ¿cuánto tiempo había permanecido allí?, no tenía conciencia de lo que había pasado, mucho menos el tiempo transcurrido.

Respetando su voluntad, los amigos se fueron alejando de nuestra vida, no quería sentirse observada como un triste animalito de zoológico.

Para mí fue una decisión bastante difícil pues en estos casos es cuando más necesitamos a nuestros amigos y familia.

Quedarnos "aislados" representó un duro golpe, tanto para ella como para mí, sin embargo, pude comprender que, aunque, este no fuera en el fondo su deseo era respetable y valido.

Fue dolorosamente complicado ver como luchaba por seguir su vida habitual, sus manos ya no eran capaces de soportar las más frágiles piezas de cocina, con el rabillo del ojo a distancia, observaba como con aspavientos de dolor y frustración golpeaba la plancha metálica del fregadero. Esto, cada día fue robando de mi ser la esperanza que ella ya había perdido, y me preguntaba, ¿dónde está Dios?

¿Y porque nunca se ha enterado?, ¡que aquí, justamente aquí!, hay dos seres que necesitan una pisca de consuelo.

Al no hallar respuesta alguna a mis preguntas, no me di por vencido, y resolví "buscarle personalmente", ya que no estaba tan seguro que pudiera soportar tanto dolor ante mí, y no quería flaquear porque ella había sido todo en mi vida, habíamos compartido tantos momentos juntos, lloramos, reímos y fuimos felices mientras la vida lo permitió, y no quería defraudarla, mucho menos dejarla desamparada en aquellos momentos tristes de su vida.

Pero al igual que ella, tampoco encontré el camino y terminé solidarizándome con su sentir, mandando a Dios, al "baúl de los recuerdos". Al quedar, totalmente "desamparados" ya no sabía de donde sacar fuerza y voluntad para seguir el camino sin flaquear. Con el tiempo la silla de ruedas comenzó a convertirse en un instrumento "obsoleto" muy difícil de controlar, y su movilidad terminó cercando su vida hasta dejarla postrada en la cama las 24 horas del día, en aquella habitación.

Los alimentos, al perder control de los músculos de la garganta se hizo imposible el suministro por esa vía, la única alternativa para mantenerla en vida, una sonda en el estómago que llenara la función alimentaria de forma sintética.

Cada paso iba en detrimento de su salud. Me pidió con desesperación que le ayudaran morir, pero afortunada o desafortunadamente, en Suecia no existe la eutanasia. Aquel día que me lo pidió fue espantoso, como digerir todo aquello cuando alguien a quien amas con el alma te pide algo tan desconsolador como aquel deseo. Sentí caer sobre mí un balde de agua fría.

No podía siquiera ordenar mis pensamientos. Además, de la pérdida de su vos como si esto fuera poco, su vista fue mermando.

No podía comprender que la vida se ensañara con un ser tan inocente que en su vida había hecho daño alguno. Una mujer que financiaba a través de ONGs a los niños de África, contribuía con ayuda económica a instituciones protectoras de animales, entre otras ayudas, a los perros desamparados abandonados por sus deshumanizados amos.

De igual forma, cuando estaba dentro de sus medios apoyaba la reforestación en países donde el hombre cada día deja más marcada su huella tenebrosa.

¿Cómo Dios podría ensañarse contra un ser tan bondadoso?

Al no comprender esto y estar a punto de ceder, vino a mi mente una reflexión que reproduzco en un libro anterior.

"Secretos Milenarios".

«Jesús de Nazaret, dijo un día a uno de sus apósteles que vehemente le preguntaba: "Dime Maestro, ¿porque tu padre no se manifiesta para aliviar los dolores del mundo?".

A lo que aquel hombre sabio contestó: "El único que puede ayudar al hombre... Es el mismo hombre".

Postulado más que cruel. ¿Serviría entonces de algo los ruegos a Dios? Si Él, ha dejado en manos de nuestro verdugo el destino de nuestras vidas. ¿Sería justo y procedente hacer esto? ¿Dejar un proyecto divino en garras de un arcaico primate retrogrado y anacrónico?

¡No, claro que no!

Me resisto aceptar este supuesto. ¡Y si así fuera!

Estamos más que perdidos... Pero obviamente podríamos entender mejor el proceso de supervivencia que el hombre ha debido pasar a través de su larga historia.

Hasta nuestros días nuestro soberbio "salvador" está enfrascado en las malditas guerras que lo único que van dejando es una estela de incertidumbre, agonía y dolor».

Hasta aquí el texto.

Después de muchos días tratando de entender aquel mensaje del Maestro de Nazareth, me sumí en la reflexión, pero seguía sin entender, mucho menos podía aceptar sus palabras.

En un momento de lucidez, recapacitaba, y me preguntaba: ¿quizá, he hecho mal al alejarme de la fe, y vaya Él, a tener razón?

Sé que soy testarudo por naturaleza y me cuesta mucho aceptar planteamientos sin antes reflexionar. Así, que pasaron muchos días antes de comprender la aserción de aquel buen hombre y empezar a caminar hacia un nuevo amanecer. Desvelar aquel misterioso acertijo podría ser la clave para encontrar "coherencia" a sus palabras.

Pero por más vueltas que le daba a todo aquello "no le hallaba ni pies ni cabeza".

Un día, cuando ya ineludiblemente las fuerzas se escapaban de mi ser y mi voluntad comenzaba a ceder.

"Escuché esta filosófica" frase en mi mente, que me dejó pensativo:

¿Quizá, lo que buscas no está ahí dónde lo buscas?

No alcancé a comprender aquella frase. Sin embargo, reconsideré "el tono" de aquellas inesperadas palabras llegadas de lo más profundo de mi ser.

Sabía, que mi amor por Carla ya no era aquel amor de pareja, aquel amor que unió nuestras vidas con juvenil arrebato y hasta de idolatraría, cuando creemos que nada ni nadie podrá separarnos, pero pronto pasado el tiempo cuando enfrentamos los primeros retos de la vida en pareja, "sentimos por momentos que nuestro amor no es correspondido" y creemos que a lo mejor aquel amor idílico era nada más un enamoramiento pasajero y arrebatado, producto de nuestra afinidad caprichosa.

En esta instancia el amor por ella era más que eso, todo lo anterior había quedado en el tiempo, ahora seguía enamorado, pero con un amor indescriptible, abnegado, me enamoré de su inocencia, de su bondad, de aquellos ojos tristes que me miraban queriéndome decir: "¡Perdóname!, nunca quise que esto pasara en nuestras vidas, ¡lo siento!, ¡cuanto lo siento! ".

Sin poder comprenderlo mucho menos entenderlo, comencé amar a aquel ser inmaterial que habitaba dentro de aquel cuerpo enfermo y marchito, que miraba a través de aquellos ojos cansados; cansados de vivir, de llorar y querer ser entendidos sin lograrlo.

Creyendo estar loco buscaba respuestas sensatas para poder mitigar aquella incertidumbre.

Pero no las encontraba.

¿Cómo podía haber "dejado de amar" aquel cuerpo, y terminar amando a su ser invisible?

En aquel momento pude intuir que tenía la respuesta ante mí de la frase misteriosa. Y alcancé a vislumbrar que toda mi vida había buscado en lugar equivocado. Lo que buscaba no era perceptible ante mi vista si no algo totalmente ajeno a nuestro mundo material, tridimensional. Fue entonces cuando también pude entender las palabras del hombre sabio de Nazaret. Si el hombre es dueño de su vida y destino, eso significaría que Dios "no tiene poder sobre él" en este plano encarnacional.

Y, si hay un culpable de su destino y dolor. Es el mismo hombre.

Es muy difícil digerir que el hombre sea su propio guía, ¿cómo dejar en manos de un inconsciente la creación? Un proyecto divino, esto es irracional, ¡claro que lo es! Visto desde la perspectiva de nuestro mundo.

Porque no es posible que la humanidad esté en manos de un grupo de involucionados que han hecho de nuestro planeta un laboratorio donde someten a sus semejantes a las más crueles torturas sin cuestionarse si quiera que ellos también tienen el mismo derecho a la vida.

Han creado virus, bacterias y armas exóticas que amenazan la existencia humana, y, sin embargo, aquellos que como yo no creían en Dios se resistían a perder la fe, a espera que Él, un día dijera: "Hasta aquí ha llegado la soberbia humana y, aquel que haya hechos las cosas mal deberá pagar por esa equivocación". Pero los años pasaban y seguíamos esperando aquel momento que nunca llegó.

Al analizar las palabras del Maestro, parecía encajar todo aquello como anillo al dedo, confirmando que hemos estado solos a merced de los trogloditas que se creen los dueños del planeta, e incluso, han creado una imagen de Dios totalmente equivocada para infundir miedo y someter a los creyentes de buena fe.

A mi manera de pensar, esto es más grave que cualquier pecado capital, porque se ha negado a los habitantes de la Tierra elegir el verdadero y legitimo camino para llegar a sus orígenes. Al entender sus palabras el escenario se presentaba desolador, si en principio me hallaba confundido esta revelación terminó hundiéndome en la angustia y desolación. Esto me situó entre la espada y la pared, pues me sentía desgastado física y psíquicamente y dudaba mucho que pudiera aguantar aquel terrible peso sobre mis hombros.

Lo sentía por Carla, porque ya no dependía de mí sino de aquel terrible e insoportable desgaste.


¿Quizá, lo que buscas no está ahí dónde lo buscas?

Al analizar nuevamente esta frase, un palpito intuitivo me obligaría a orientarme hacia mi ser interior, y la esperanza emergió de nuevo al camino; el camino de la verdad como había imaginado, llevaba hacia adentro y no a las periferias del entorno material. Aquí radicaba la confusión. A partir de ese día he comprendido el sentido de la vida, de la creación misma, de quienes somos y la razón por la que cada uno de nosotros se halla aquí en este mundo involucionado podrido de injusticias, esto obviamente, visto desde la perspectiva terrenal.

En este punto entendido el concepto es criticable la mala fe de aquellos que han mantenido a la humanidad engañada y sumida en el desconcierto. Es tal la confusión que, a pesar del paso de tantos siglos, en pleno siglo XXI nada ha cambiado, millones de seres humanos siguen haciendo referencia "al dios de la carne", adorando imágenes, nutriendo y fomentando una creencia que no deja espacio para la reflexión.

A veces, es necesario llegar a situaciones extremas para detenernos y comenzar a reflexionar, o filosofar sobre nuestra compleja existencia como seres encarnados para comprender que dentro llevamos la conexión divina que nos hace hijos de la Conciencia Universal (nuestra madre), como parte de ella somos esenciales en la vida universal, sin nosotros el universo mismo no podría existir. Cuanta pérdida de energía y tiempo. Inconscientemente creemos, o se nos ha hecho creer, que una vida tenemos y si la perdemos nosotros no lo perdimos por no disfrutar de ella cuando debimos.

Esta manera de ver la vida se ha repetido por miles de años en todas las sociedades del mundo, viviendo de una mentira, que lo que ha hecho es alejarnos de la felicidad porque el ser humano fue creado para ser feliz y el mismo ha elegido ser infeliz.

Desde niño mi vida ha estado ligada a las creencias, leyendas y porque no decirlo, a los seres extraterrestres ya que me hechizaba escuchar las historias, siempre exageradas de los adultos sobre platos volantes no identificados. De igual forma, desde chico planteaba preguntas existencialistas que, por supuesto nadie podía contestar, por el contrario, acababa siendo el núcleo de las burlas de mayores y chicos. Pero hoy que tenía ante mi aquel cometido de buscar y encontrar mis propias respuestas. No sabía por dónde empezar.

A lo largo de toda su existencia, el ser humano ha necesitado la presencia intangible de Dios en su vida para sentirse protegido y tener esa fuerza divina como aliciente para avanzar a lo largo de su difícil peregrinar en este ciclo tormentoso de su vida.

Mis padres, por herencia se convirtieron al cristianismo y como no podía ser de otra manera también heredé aquel influjo de creencias que para bien o mal fueron guiando mi vida por muchos años.

Todas estas creencias heredadas fueron moldeando nuestro modo de ver el mundo repleto de injusticias en el que vivíamos, donde el poderoso, al parecer, según mi mente infantil estaba más cerca de Dios porque vivía en la abundancia y era mucho más feliz, sin siquiera intuir que el pobre era "infeliz" porque el rico con su codicia le robaba aquel derecho.

Sin embargo, esto fortalecía más la fe de aquellos seres nobles que dejaban en manos de Dios la reprobación de aquellas actitudes poco humanas y abusivas.

La religión nos inculcó a creer en un Dios poco fiable y cruel que desde nuestra infancia temíamos. Esto, fue haciendo a través del tiempo sin darnos cuenta cambiar nuestra forma de entender todo aquel desestructurado mundo religioso obsoleto en el que vivíamos.

Nos aferramos inconscientemente a las prácticas religiosas terrenales acabando enredados en una maraña de mentiras, alejándonos de lo más primordial como lo es nuestra conciencia espiritual, que pasó a un segundo plano.

El Dios en el que creíamos y nos enseñaron a venerar, era "belicoso", mataba, se ensañaba de manera cruel contra los hijos de la misma creación que supuestamente, debía resguardar. Si darnos cuenta terminamos hundidos en el fango de la ignorancia, haciendo referencia a nuestro propio verdugo. La llegada de Jesús de Nazareth, cambió en parte las reglas del juego, sin embargo, pocos entendieron su vida o más bien dicho algunos oportunistas tergiversaron su mensaje para llevar agua a su molino, y con esto terminaron traicionando a la humanidad sumergiéndola en miles de años de oscuridad y falsedades.

La misma Iglesia atizó una imagen totalmente diferente del Maestro de Nazareth, un hombre que en principio no entendía su naturaleza divina porque era un hombre tan normal como sus mismos apóstoles.

Sin embargo, en su vida había un delicado secreto.

El, a diferencia del resto de los mortales de la época, descubre a tierna edad su naturaleza divina y desde entonces su vida cambia radicalmente, dedicándola a trasmitir el mensaje que en el fondo fue lo que le trajo a este planeta.

«El no murió por el hombre sino por la maldad de este que fue quien terminó con su vida».

Hace ya muchos años que me da vueltas por la cabeza algo que no puedo concebir, si la cruz, fue un instrumento de tortura, un ensalzamiento al dolor, ¿Por qué entonces forma parte de los ritos religiosos? ¿A caso alguien ha hecho esto a propósito para mofarse de Él y de su dolor, y por lo consiguiente, de la humanidad y de los creyentes?

Pues no podría yo entender si a mi padre se le condena a morir inocentemente en la silla eléctrica, ¿cómo podría yo venerar el artilugio que le cegó la vida?

Que alguien me lo explique porque mi liado cerebro no puede asimilar semejante disparate. Aquí, hay algo que no hemos analizado ni inteligente ni humanamente, nos hemos dejado llevar como borregos y hemos dispuesto hacer lo que nos dijeron que hiciéramos.

Esto es inadmisible e improcedente, y poco inteligente.

Jesús, nos dejó varios mensajes que por supuesto mal entendimos. Uno de ellos fue la resurrección, más allá de la divinidad de este suceso lo elemental y primordial es comprender cual fue el propósito de dicho acontecimiento.

Algunas religiones se desmarcan de la reencarnación. Podríamos citar, por ejemplo: el cristianismo solo acepta la resurrección, una sola muerte frente a muchas muertes.

El fatalismo y el cuerpo como prisión contra la esperanza y la unicidad de cuerpo y alma.

Caras contrastantes de ambas doctrinas.

En mi humilde opinión, aquí se ha hecho una confusión tal de su mensaje, Jesús, quiso manifestarnos que la vida es una sola, si, una sola, pero eterna, por lo que un cuerpo no podría envolver nuestra alma eternamente. De reencarnación en reencarnación el alma se va purificando y evolucionado.

E, incluso, podríamos reencarnar en un cuerpo no humano.

Por lo que aceptar los planteamientos del cristianismo es negar la existencia divina.

Obviamente, todo esto está cambiando, por ejemplo: los jóvenes católicos españoles, un 26,9% creen en la reencarnación.

En los Estados Unidos los encuestados, pares españoles, el 29% la acepta. De estas opiniones podríamos juzgar que, aunque creyentes de la misma religión hacen culto a "un Dios diferente".

«"Todo está cumplido" (Jn 19, 30). Según el Evangelio de Juan, Jesús pronunció estas palabras poco antes de expirar. Fueron las últimas palabras. Manifiestan su conciencia de haber cumplido hasta el final la obra para la que fue enviado al mundo (cf. Jn 17, 4).

Nótese que no es tanto la conciencia de haber realizado sus proyectos, cuanto la de haber efectuado la voluntad del Padre en la obediencia que le impulsa a la inmolación completa de Sí en la cruz.

Ya sólo por esto Jesús moribundo se nos presenta como modelo de lo que debería ser la muerte de todo hombre: la ejecución de la obra asignada a cada uno para el cumplimiento de los designios divinos.

Según el concepto cristiano de la vida y de la muerte, los hombres, hasta el momento de la muerte, están llamados a cumplir la voluntad del Padre, y la muerte es el último acto, el definitivo y decisivo, del cumplimiento de esta voluntad. Jesús nos lo enseña desde la cruz».

Discrepo totalmente del texto anterior, acepto que Jesús, cumple hasta el final la obra para la que "fue enviado", pero a mi entender, Dios, "es ajeno" o debería serlo, a la voluntad de Él (de Jesús), de venir a la Tierra y cumplir su labor. Como ser de luz encerrado en un cuerpo humano no le quedaba otra alternativa, Él, llegó con afán de hacer cambiar a la humanidad, dejando el mensaje que muy pocos seres humanos entendieron (este fue su primordial propósito), pero como "voluntario". Como en su día hemos llegado todos.

Y, por lo tanto, al igual que a nosotros a Él le tocó de igual forma escoger la dinámica "del juego". Suena cruel, y lo es, pero es la realidad, cada uno de nosotros escoge su propia misión según las necesidades de su evolución. Por lo tanto, Dios no puede intervenir en este proceso porque no tendría sentido traer la comprensión retrospectiva bajo el brazo con único propósito de aprobar la experiencia. Aquí, es donde ha estado la trampa, ¡hemos tergiversado totalmente todo! Si no nosotros, alguien lo ha hecho con mala fe y alevosía.

Jesús, fue claro y contundente con Simón Pedro, y le dijo: "Cuida de no secularizar la Iglesia", es decir: hacer desaparecer signos, valores o conductas que se consideraban propias o identificativas de su confesión religiosa.

En otras palabras, divulgar el mensaje integro, trasmitir las enseñanzas verdaderas que llevaran a toda la humanidad, en consecuencia, a practicas nobles y de hermandad para hacer de nuestro planeta un paraíso colmado de sabiduría, justicia, paz y comprensión. Otra cosa importante. No ser tentado por el lucro ni mucho menos aprovechar la fe de las personas de buena voluntad.

Que alguien me diga, ¿en qué parte del mundo existe Iglesia que base sus enseñanzas en la filosofía anteriormente detallada?

"Despertar", no es fácil, implica un cambio radical en la vida de aquel que esté dispuesto a lograrlo, sin embargo, la gratificación no tiene parangón. Tu vida ya no será la misma, verás el mundo y la vida misma desde otra perspectiva y, entonces, sentirás la felicidad realmente porque por primera vez apreciarás que tus pálpitos intuitivos verifican lo que tu corazón te sugiere, y percibirás que comienzas apreciar aquello que antes ni siquiera podías notar.

Esto implica que vas por el buen camino, tu frecuencia está comenzando a cambiar, comienzas a sintonizar pensamientos y vibraciones positivas con la Madre Tierra, y los otros seres que ya piensan como tú.

Si bien es cierto, el 90% de la población mundial está "abducida" por el sistema, envueltos por "la magia" nociva de la modernidad tecnológica, redes sociales, teléfonos celulares, ordenadores y tanto artilugio creado justamente para esto: crear una sociedad sin voluntad, la sociedad "perfecta" (el planeta de los zombis).

Afortunadamente, el 10% restante se halla ya tras la búsqueda de la Verdad. Y, ya nos hemos liberado de tanta mentira, y comenzamos a ver la vida desde otra perspectiva.

Y, créanme, no somos más infelices por no ser "modernos", y un día, ustedes también cuando ya no encuentren consuelo "en su mundo", buscaran unirse a nuestro modo de ver las cosas, y aquí estaremos esperando por ustedes para crear aquel mundo posible con el que soñamos todos, las mujeres y hombres justos de la Tierra.

¡Porque no es más feliz el que más tiene sino el que menos necesita!

¿Porque es significante e importante elevar nuestra frecuencia vibratoria?

El crecimiento personal es algo positivo, podemos interpretarlo como, desarrollo, avance y mejoramiento en nuestras vidas. Para comenzar, el primer paso es comprender la definición de lo que frecuencia vibratoria es.

Este concepto está coligado básicamente a las ondas, e indica la cantidad de ciclos que produce una onda en una determinada unidad de tiempo (habitualmente, segundo).

La frecuencia de onda, en consecuencia, es la cantidad de veces que "sube y baja" una onda en un segundo, cuanto mayor la frecuencia sea más rápido esta vibrará. Por lo tanto, ocurrirá lo contrario en las vibraciones lentas.

En la siguiente imagen, podemos ver la diferencia vibratoria entre dos ondas, como podemos apreciar la segunda "sube y baja" más veces, lo que expone que su frecuencia oscilante es mayor.

Onda de frecuencia baja

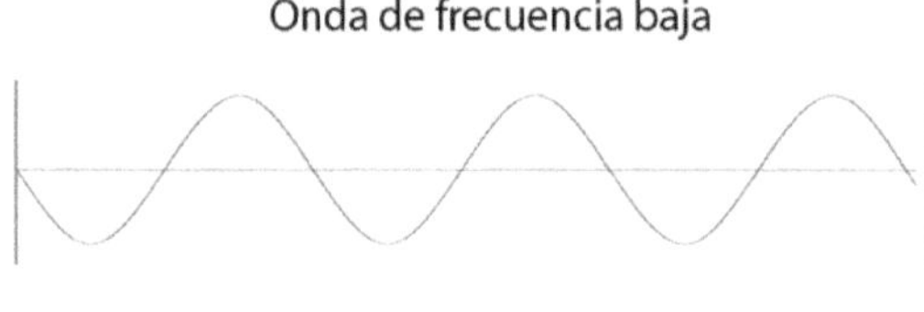

Onda de frecuencia alta

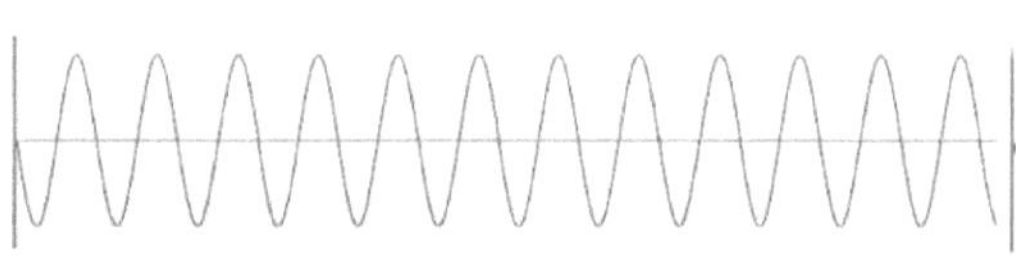

Muchos se preguntarán, ¿pero que tienen que ver las ondas vibratorias con nosotros, los humanos? La respuesta es, mucho. Según las últimas revelaciones de la ciencia, el universo está formado por partículas diminutas llamadas quarks y electrones, y estos se comportan como ondas. Así, si profundizamos, nosotros también somos "ondas" y como tales, poseemos una particularidad, también "vibramos".

Cuanto mayor sea la frecuencia de vibración mayor será la percepción, ya que debido a la corta distancia entre ondas podremos tener más posibilidades de "distinguir" entre ellas. En otras palabras, cuanto mayor vibración interna tengamos nuestra vida será más rica y creativa.

Además, existe otro aspecto positivo, al aumentar nuestra frecuencia nos hacemos más sensibles a nuestro entorno, por lo cual percibimos con más objetividad la realidad, por lo tanto, seremos seres más evolucionados, respetaremos y amaremos la Naturaleza, el mundo animal y la vida en todas sus formas. En conclusión, seremos mejores seres humanos.

Cuando no podemos o no somos capaces de percibir algunos aspectos de la vida, esto es un indicio de que nuestra frecuencia vibratoria aún es muy baja. Aunque, se cree que nuestra frecuencia está aumentando marcadamente en los últimos años, todavía, es demasiada baja por lo que no podemos aún distinguir los aspectos sutiles que rodean nuestro mundo. Por ejemplo: percibir otras dimensiones.

Sé, que es bastante sacrificado este proceso, para conseguirlo debemos sobrepasar un cumulo de obstáculos, esto es como las dietas, todos queremos tener cuerpos "a la carta" pero deseamos y esperamos vehementes "el golpecito de la varita mágica". Y continuamos tumbados en el sofá frente a la tele.

Probablemente, muchos ya lo tienen claro desde niños, a otros se nos prende el foco en el camino, y una gran mayoría ni siquiera se entera a lo largo de su vida. En otras palabras, "regresan a casa" sin haber hecho los deberes y así será una y otra vez hasta que comprendan el sentido real de la evolución y de su vida como encarnados.

En lo personal, tuve la mala suerte de perder a mi madre a tierna edad. Me hizo mucha falta. Mi padre, como todos los padres de entonces era reacio a hacer "el papel de madre". Los tiempos no lo permitían. Y esto hizo que desde temprana edad me refugiara en la naturaleza, los animales formaron también parte muy ligada a mi vida, por lo que fue germinado en mí respeto absoluto a mi entorno y a la vida animal.

En la naturaleza hallaba tranquilidad, mi inocencia me incitaba a buscar allí refugio dónde según, mi imaginación infantil, podía encontrar la presencia de mi madre. Así, transcurrió mi vida, en el limbo que unía el mundo espiritual de ella y mi mundo material. Y sin siquiera darme cuenta terminé avivando mi ser espiritual. Pasados los años, llegada mi adolescencia me perdí como todos los jóvenes de mi edad en el mundo terrenal. Ha sido ya en mis años de madures cuando han sucedido cosas muy drásticas en mi vida que me han hecho retornar a aquel mundo inocente casi olvidado de mi niñez.

Al comenzar la búsqueda de aquella verdad me hallaba más que perdido, los textos religiosos me orientaban en el mismo sentido de antaño, al mismo Dios, aquel que hay que temer para no hacer enojar, ya que sabemos de sobra lo que sucederá cuando la temida muerte "venga" por nosotros y debamos rendir cuentas de nuestra vida.

¿Temer a Dios?

¿Temer a mi padre?

¿Por qué?

Si teniendo un padre encarnacional, fue generoso, comprensivo, bondadoso y compasivo a pesar de todo sus defectos e imperfecciones, entonces, porque creer que Dios siendo un ser perfecto, divino, podría ser un ególatra que se ensaña castigando a seres inocentes y frágiles.

¿Quién se ha inventado esta terrible conspiración contra la perfección divina?

Y, lo más grave de todo esto, es que ninguna religión cuestiona el papel de Dios visto desde esta perspectiva.

¿Por qué?, si creemos en la vida de Jesús de Nazareth seguimos tan perdidos como el primer día, adorando cosas indebidas, haciéndole culto al dinero que es nuestro peor enemigo.

No puedo comprender que para tener fe y ser mensajero de Dios se deba vivir en un castillo como faraón rodeado de riqueza, mientras los humildes mueren de hambre en absoluta pobreza.

El Maestro, aquel hombre sencillo, hijo de humilde carpintero caminaba cientos de kilómetros para llevar el mensaje a aquel que deseara escucharlo, y jamás hizo distinción entre sus seguidores, pobres o ricos, fue igual para todos.

¿Porque entonces sus enseñanzas se han invertido? Y la Iglesia se ha apropiado de la fe de los hombres de buena voluntad y con ello los ha condenado al "fuego eterno", enredando y tergiversando el verdadero mensaje de aquel hombre sabio que con su filosofía y enseñanzas quiso dejar el legado divino esparcido por los confines de la Tierra.

¿Qué hay detrás de toda esta mala fe?

Al repasar la vida de Jesús, sería absurdo seguir creyendo que su padre, "Abba" (esto traducido del arameo tiene una connotación especial que se traduciría como: papito), como Él, le llamaba, fuera un Dios vengativo, guerrerista y genocida que mataba a sus hijos indefensos.

Me resisto a creer en esa perniciosa historia. No se nos ha dicho la verdad y tampoco creo, que, si no la buscamos nosotros mismos no nos enteraremos de nada y continuaremos por camino equivocado.

Muy pocas veces en mi vida había invertido tanto tiempo en el arte de la meditación como en los últimos tiempos. Si he de ser sincero, le "he temido" por razones personales. No me extenderé en ello. Pero…, este era el único camino para llegar a lo que buscaba.

Es fundamental darnos tiempo, estar solos, por ejemplo: en contacto con la naturaleza y tratar de mirar hacia dentro de nuestro ser. Olvidarnos por un momento de la tecnología y de los espejos, en resumen, apartarnos por un instante de las rutinas "tentadoras".

El engreimiento y egocentrismo, son nuestros peores enemigos y no dejarán que seamos felices mucho menos que hagamos felices a los demás.

Mira hacia dentro de ti y comenzarás a entender que no estás solo, hay alguien contigo, una fuerza que da vida a aquel cuerpo que amas porque sientes que la vida te ha hecho agraciado, o quizá, odias porque eres infeliz en él.

El ser humano un día lo entenderá; entenderá que la vida "es un juego" y que la Tierra es nuestro lugar de trabajo, a donde llegamos con el fin de acumular sabiduría y conocimiento para hacer de nuestra alma un ser más evolucionado e ir caminando hacia otros mundos más sutiles, que al fin y al cabo es el propósito de la creación.

Al comprender este elemental concepto iremos dividiendo nuestros mundos y comenzaremos sin darnos cuenta a sentirnos más "etéreos", y con ello seres encarnados más evolucionados. Y en el momento que nuestro trabajo finalice en este mundo, "volveremos a casa" para preparar nuestra próxima misión, y así será hasta alcanzar la perfección.

Según, el pensamiento filosófico y religioso el ser humano está compuesto de tres partes: cuerpo, alma y espíritu. El cuerpo se constituye en niveles, desde células hasta las partes más complejas como son los órganos, aparatos y sistemas, permitiendo a una parte más sutil, el alma, desarrollar las actividades transcendentales.

El espíritu se diferencia del alma puesto que el espíritu es considerado universal, en contraste con el alma, que es individual.

Por lo tanto, el cuerpo es el soma o lo carnal; el alma es la que nos otorga la personalidad individual, donde reside la imaginación, los sentimientos, la razón (mente, emoción y voluntad), y, el espíritu esencialmente es la herencia divina de nuestro ser, donde mora la fe, la esperanza, la reverencia y nuestro mundo espiritual.

Aristóteles decía: "El alma es sustancia, es forma de un cuerpo, es el acto perfecto de un cuerpo natural orgánico".

El alma consentiría al hombre pensar y querer, y en todas las religiones podemos confirmar que esta, continúa su camino después de la muerte del cuerpo físico conservando durante un tiempo esa unidad individual que poseía cuando estuvo acompañada del cuerpo material.

El cuerpo astral o etéreo, está unido al físico por "el cordón de plata", y es el que "aguanta" el cuerpo físico cuando efectuamos viajes astrales, consciente o a veces inconscientemente. Cuando el cordón de plata se separa del cuerpo físico ocurre lo que llamamos común y erróneamente, muerte (inicio de un nuevo ciclo). En aquel momento el cuerpo astral continua su camino de evolución y deja el cuerpo en el que estaba alojado.

Cuando se detecta una afección en el cuerpo astral y es de origen energético, ese conflicto debe ser resuelto del mismo modo, energético.

Si tenemos problemas, es decir nos "contagiamos" con energías negativas ya sea, de origen interno o externo, solventando ese conflicto evadimos que somatice en el cuerpo físico evitando o previniendo enfermedades en un futuro, como: ataques de pánico, stress, fobias etc. O físicas donde ya deben ser atendidas por la medicina tradicional.

Para la ciencia en general, el espíritu no existe, cualquier manifestación de este será obviado por los profesionales de la medicina, los trastornos o enfermedades físicas en las personas deberá según su razonamiento presentarse en algún órgano, por ejemplo: "El cerebro", y esto es justamente al revés, el cuerpo astral o espiritual, utiliza el cerebro para moverse en el plano físico.

La existencia del cuerpo astral es fácilmente demostrable en personas que han perdido medio lóbulo cerebral o un hemisferio cerebral y, aun así, no perdieron sus facultades mentales.

Además, esto se ha podido comprobar en pacientes clínicamente muertos, pues han podido ver y oír como en los casos de experiencias cercanas a la muerte.

Reconociendo la existencia de los tres cuerpos mencionados y conservando equilibrio y armonía entre ellos conseguiremos estabilidad energética y mejor calidad de vida.

El alma, se halla en unas capas ligeramente superiores, el cuerpo astral es un cuerpo intermedio, luego está el cuerpo mental, y la sección superior del cuerpo vital es el cuerpo causal, es un cuerpo de luz más potente, por esto, también se puede viajar y de hecho el objetivo es llegar a este, no hacer un viaje astral sino un viaje causal que es el que se acerca más al alma. Cuando un ser querido ha muerto y vuelve a nuestro plano envuelto en luz, los expertos sugieren que viene del cuerpo causal ya despojado de su personalidad por eso es que siempre se ve tan bien, y tan joven.

Cuando un ser se queda atrapado, lo que se ve es un cuerpo astral que todavía tiene reminiscencias de su personalidad, con sus traumas sus miedos y demás, entonces, lo que vemos es un cuerpo de luz, un cuerpo vibrante, un cuerpo que puede parecerse mucho al físico, pero flota, puede, o no, atravesar paredes

El cuerpo espiritual también conocido como cuerpo causal es la parte de nuestro ser metafísico que aloja nuestra expresión más perfecta, la que nos trasciende como individuos y que pertenece a nuestro ser infinito que forma parte de la fuente universal.

El cuerpo causal es eterno y nos acompaña en cada vida, haciéndose más notorio a medida que evoluciona nuestra conciencia.

La antigua filosofía manifiesta que con el perfeccionamiento de la conciencia vamos superando el mundo de los sentidos, la ilusión del mundo, donde estamos separados, y nos acercamos a la verdad de la creación, la existencia, el universo, el cosmos o el infinito. En conclusión, todo lo que existe, incluidos nosotros mismos.

El cuerpo causal representa la fuerza que podemos percibir e incorporar en nosotros de una forma menos o más consciente, de acuerdo con el desarrollo y equilibrio de nuestros chakras, o niveles de conciencia.

Los chakras nos llevan a encontrar un balance sano en las energías inferiores, las referentes al ego y al mundo material, pero de igual forma nos conceden trascender hacia planos de la existencia etéreos y universales.

El cuerpo espiritual si bien perenemente está presente se hará manifiesto más claramente cuando nos enlazamos con las energías metafísicas más sutiles.


El día aquel, que tuve oportunidad de escuchar a Maribel Pereira, terapeuta espiritual discernir sobre la terapia del alma, me pareció que, a pesar de nunca haber escuchado de aquel tema valía la pena profundizar en esos conocimientos milenarios.

Al vivir del lado de los indiferentes en estos temas te vuelves escéptico, pero conforme tu evolución asciende te ves en la necesidad de buscar información, literatura, para poder entender estos conceptos y naturalmente, es bastante alentador saber que no estás solo y que hay miles sino millones de seres que piensan como tú.

Entre más evolucionas los prejuicios los vas dejando en el pasado, ya no te da pena contar tus cosas intimas porque sientes que cada día que pasa te vas desmembrando del cuerpo áspero que cubre la luz que guía tu ser que te une con la esencia universal, y descubres que lo que rodea tu mundo material ha pasado a segundo plano y por lo tanto es menos trascendente en tu vida.

La terapia del alma, es una técnica que nos lleva directamente a los registros akáshicos del alma y cuya finalidad es encontrar las programaciones, los bloqueos e interferencias que pueda tener un ser en su experiencia encarnacional. A través de una canalización se busca en la supra conciencia que es donde está la información para poder ayudar a ese ser a trabajar de una manera diferente.

¿Qué son los registros akáshicos? Es una pregunta muy común que muchas personas se hacen, sobre todo aquellos interesados por la cultura hinduista y del lejano oriente. Para alcanzar a comprender qué son los registros akáshicos que mejor que hacer un recorrido por la historia, tradiciones y leyendas de estas regiones y sobre todo tratar de entender su filosofía de vida.

Sin una apropiada apertura a la creencia de otras realidades, culturas y religiones, probablemente, no tendría sentido aspirar a comprender de qué se trata.

Los Registros Akáshicos son llamados: "memoria universal de la existencia". Estos representan un espacio multidimensional en el que se alojan todas las experiencias del alma, por lo tanto, aquí se almacenan todos los conocimientos y las experiencias de nuestras vidas pasadas, presente y las venideras.

En el momento, que nosotros decidimos venir a encarnar se nos otorgan dos rondas: la primera podemos tener hasta

144000 vidas, y en la segunda podemos llegar a tener 376666 vidas, simplemente para experimentar el conocimiento que tiene el alma adquirido en los planos espirituales (esto no lo digo yo, sino los estudiosos en la materia).

A veces, es imprescindible volver por circunstancias que el alma no ha experimentado o porque simplemente quiere volver hacerlo, es decir, repetir una programación ya que se ha quedado enganchada con alguna información y esta experiencia desgraciadamente, la puede solucionar solo en los planos encarnacionales. Puesto que todo ese conocimiento adquirido en los planos espirituales desea experimentarlo.

Aquí, podríamos quizá, entender mi razonamiento anterior cuando hablaba del papel de Dios en este plano encarnacional, en el cual Él, no tiene "poder" de intervenir. Ya que el alma es la que decide venir a encarnar, al tomar esta decisión ella es la única responsable de su "estancia" durante el tiempo encarnacional, en nuestro caso, en la Tierra (hace uso de su libre albedrío).

Ella escoge "la dinámica del juego", sus padres, su sexo, el planeta y a veces, la dimensión. Hace por lo tanto todo un proyecto de vida, escribe su propia historia, una historia completa, con todo el guion, puntos y comas. En función de eso ella resuelve tomar un personaje y a través de él va a desarrollar su historia.

 Al haber hecho este proyecto de vida, el alma es la que decide experimentar, dependiendo de las aspiraciones de esta, ella es la que decide si quiere encarnar en un cuerpo físico de mujer, porque quizá, a través de él, ella puede experimentar ciertas características, entonces, sin más preámbulos lo va a tomar.

Caso contrario, si su experiencia así lo requiere, tomará el cuerpo físico de un hombre. En muchos casos es plausible que se pueda vivir las experiencias de una manera completamente diferente, de hecho, podemos encontrarnos con situaciones un poco atípicas, por ejemplo, donde el alma experimenta experiencias sin necesidad de tener determinado sexo, ya que hay planetas donde no hay sexo, que no tienen sexo tal como nosotros lo conocemos.

Nosotros quizá, no podríamos alcanzar a entenderlo porque lo que conocemos está ligado todo alrededor de lo que ocurre en el planeta Tierra, porque es aquí donde vivimos y obviamente, nos acondicionamos a él, pero el alma no. El alma busca el planeta donde quiere realizar su experiencia, la Galaxia, y en función de cómo es ese planeta, ella experimenta.

Las almas se reconocen y muchas veces venimos a vivir las experiencias ya por un mutuo acuerdo que hemos decidido antes de tomar el cuerpo físico. O simplemente, experimentamos. Quizá, en alguna experiencia de vida nos juramos amor eterno: "Te amaré eternamente, y en la próxima vida te volveré a encontrar".

¡Y eso ocurre!

Sin embargo, puede suceder que a veces sin así haberlo planeado nos hallamos con personajes totalmente diferentes, es decir, nos podemos encontrar con personas del mismo sexo, y entonces, vamos a confrontarnos al reconocernos y se pueden disparar esas programaciones y entramos en conflicto.

Conocer a otra alma es un sentir, algo emocional ya que visualmente no tenemos el mismo cuerpo, pero esto es algo que se percibe, se siente. Es algo que nosotros como mente humana no estamos ni siquiera facultados para poder explicar, sin embargo, lo sabemos.

Frecuentemente, podemos coincidir en otra vida. Esto depende del convenio que hagamos, depende de los acuerdos que podamos realizar entre las almas.

¿Qué te parece experimentar de nuevo como pareja? A ver si resulta, y resolvemos la situación que no solucionamos en esta vida. Y, los dos se vuelven a encontrar como pareja.

Muchos se preguntarán: ¿Lo que viví antes afecta mi actual vida?

Para esta pregunta los expertos tienen una respuesta, sí, consecuentemente afecta cuando las programaciones se proyectan, si no tu vida trascurre perfectamente en función de este espacio reencarnacional al que tú decidiste venir, pero cuando se disparan las programaciones, ahí, es donde genera el conflicto.

¿Qué son las programaciones? Una programación es lo que el alma resuelve experimentar, es la energía que mueve esa experiencia. Hay 4 motivos por el cual se disparan las programaciones:

1. Haber llegado a la edad que es lo normal. Cuantas veces hemos dicho o escuchado decir: desde que tengo 20 años mi vida cambió. Porque la edad dispara la programación.

2. Porque me encontré con una persona. Cuantas veces hemos escuchado decir: desde que me encontré con esta persona todo cambió, obviamente, el cambio puede ser positivo o negativo.

3. Cuando nos hallamos bajo el mismo espacio o en la misma situación que vivimos en vidas pasadas.

4. Cuando ya el alma está preparada para vivir el momento.


«La terapia espiritual podría ayudar a una persona a sanar conflictos de vidas anteriores que le puedan estar causando conflictos en esta».

La razón por la cual el alma decide venir a encarnar es porque ella trae una meta, y es sanar lo que no pudo superar en una experiencia encarnacional anterior.

Si nosotros sobrepasamos las situaciones en nuestra experiencia encarnacional no necesitamos repetir, sin embargo, si no lo superamos, entonces, debemos volver nuevamente a vivir el mismo momento, el mismo instante, podríamos llamarle Karma, pero no es exactamente eso, el alma lo sitúa de nuevo en su historia.

Por ejemplo, una persona que fue violada en otra vida, desgraciadamente, si no lo superó, podría volver como violador para poder comprender mejor la experiencia para poder sanar.

Nosotros, continuamente cambiamos los personajes y estamos modificando las estructuras para que de esa manera podamos tener comprensión. Algo, que hemos enjuiciado terminamos viviendo lo mismo para poder sentir ¿por qué la persona lo realizó? Es decir, un supremacista blanco puede tener necesidad de volver a reencarnar como una persona de raza negra, para sentir lo que aquellos hombres negros sintieron cuando fue injusto con ellos. De igual forma un homófobo, alguien que siente aberración por los homosexuales le toque volver a reencarnar en un cuerpo homosexual.

Cuenta Maribel, que en una sesión de terapia espiritual le tocó vivir un caso bastante interesante, una pareja que llevaba una relación espectacular de repente el hombre empezó a manifestar inexplicablemente, impotencia, el, no entendía porque si todo iba tan bien.

Cuando comienzan la terapia se halla que en vidas pasadas él se convirtió en un eunuco (hombre castrado) y comenzó a proteger a la persona que hoy día era su pareja. Cuando él, se sale de la programación, recuerda cuando ella le dice: "en esta vida protégeme", solo la palabra "protégeme", fue suficiente para comenzar a entrar en una situación de protección, y empieza a desarrollar la misma situación, la misma experiencia de la misma vivencia de una vida anterior.

## Almas amigas y almas gemelas

¿Existen por casualidad? O ¿es una acción de las leyes universales para garantizar la continuación de los seres que pululamos por el universo?

O, ¿existe una razón más profunda?

¿Porque es tan apasionante y cautivante a nivel emocional?

¿Porque a veces tratamos de buscar una unión con otra persona que pudiese llegar a ser profunda y durara para siempre?

La experiencia de enamorarse es algo inexplicable, esto podría vigorizar la hipótesis que hemos expuesto en páginas anteriores cuando explicábamos que somos nosotros mismos los que planeamos nuestro proyecto terrenal en el plano encarnacional.

Por lo tanto, podríamos deducir que ya traemos conexión con la persona o personas (almas) que compartiremos nuestra vida.

«Esto, podría probablemente explicar en mi caso, el apego protector por Carla».

¿Como generaron los conceptos de "alma amiga y alma gemela"?

¿Fue producto de la lucida imaginación de alguien o hubo alguna base real para ello?

¿Porque nos enredan tanto estos dos términos?

¿Cuál es la diferencia entre ellos?

Para poder concebir como todo esto comenzó conviene revisar las místicas enseñanzas espirituales orientales y la sabiduría que han dejado otros brillantes maestros a través de la historia.

Todo apunta a que el alma contiene ambas esencias, la esencia o naturaleza "femenina" y la esencia o naturaleza "masculina".

Nuestro Creador, no es diferente a lo que nosotros mismos somos. La naturaleza dual de Dios también contiene ambas energías: la femenina y la masculina.

Al ser nuestra alma un trozo de nuestra fuente no es sorprendente entonces que cada uno de nosotros contenga los dos citados elementos. A nivel de alma no somos ni femenino ni masculino. En lo espiritual evidentemente, no existe el género.

Las antiguas enseñanzas dicen que, al decidir hacernos más densos para disfrutar el plano de la Tierra, nuestra conciencia se separó de Dios. Esto, por lo tanto nos causó la separación entre cuerpo femenino y masculino. Como resultado cada uno de nosotros tiene su otra mitad o "gemelo" en algún lugar, lo hemos estado siempre buscando.

A medida que avanzamos por la vida nos sentimos a veces cautivados por ciertas personas y no así de otras. Este tipo de emparejamientos íntimos son uniones de almas amigas. En otras palabras, ellos son individuos con quienes compartimos una similitud interior insondable.

Sin la menor duda tenemos un sin fin de almas amigas en todo el planeta. En resumidas cuentas todos somos almas amigas unas de otras.

Tu alma gemela puede incluso ser un pariente, un amigo muy querido, hermano, etc. Se cree que tu alma gemela puede ser tu ángel guardián durante esta vida. Todo depende del plan que has escogido para ti en esta vida que estas experimentado. Sin embargo, en el gran diseño del Creador, las divisiones que han sucedido hasta el nivel de alma individual principiarán a revertirse. Los gemelos se reunirán como una sola alma.

Los gemelos reunidos se agruparán para restablecer los pequeños grupos de almas desde donde ellos vinieron y así repetidamente.

Cada reunión lleva consigo más y más amor, regocijo y felicidad. La fascinación que sentiremos con cada reunión se intensificara más y más a medida que los grupos se fundan unos con otros. Finalmente, todos nos congregaremos, todos como unidad, con nuestra Fuente Universal (nuestra madre) como en un principio fue.

El viaje de regreso a nuestra fuente debe comenzar como una elección de libre albedrío, la cual debe ser hecha por todos y cada uno de nosotros.

El primer paso en nuestro extraordinario viaje de vuelta a casa ocurre cuando resolvemos progresar espiritualmente (despertando a lo que somos realmente y viviéndolo). En ese instante se da una señal muy importante ya que, no solamente provee al alma con una dirección muy clara, sino que también hace que el alma sepa, sin duda alguna, que ahora anhela la ansiada reunión con su mitad gemela.

Quiero terminar contando una historia sacada de la vida real, un relato que a mi parecer encaja con lo que he tratado de plantear en este compendio de pensamientos.

Es una historia, además de tierna y emotiva, muy reflexiva. Sé, que mucha gente no cree en lo que yo he tratado de trasmitir a lo largo de este pequeño y sencillo trabajo, pero también sé, que, aunque quizá pocos, los hay aquellos que están plenamente convencidos de que estos fenómenos y muchas otras experiencias paranormales son más comunes de lo que podemos imaginar.

Cuando tu ser interior te incite a comenzar a ascender evolutivamente, te darás cuenta que muy poco te importará lo que los demás piensen de tus opiniones e incluso, podrías derramar algunas lagrimillas delante de otras personas sin siquiera sentirte cohibido. Tus valores como ser espiritual te hacen más compasivo, sin bien quizá, más vulnerable, porque te conmoverá ver tanta injusticia y al no poder hacer nada por evitarla, te sentirás muy afectado.

«Quiero agradecer y felicitar a Carlos Pinto, por esta impresionante y apasionante historia».

### "Los ojos de Sofía"

Esta historia tiene como protagonista a Sofía, una pequeña niña de 9 años. Los nombres de las personas han sido cambiados por razones, seguramente, personales. Esta fantástica y apasionante historia me ha dejado reflexivo. Haciendo despertar en mí, el gusanillo de la esperanza, y terminar creyendo que otros mundos paralelos coexisten entorno nuestro sin siquiera imaginarlo. Mucho menos comprenderlo.

Mariana, lleva dos años felizmente casada, es maestra de párvulos y ejerce sus labores en un jardín infantil a pocas cuadras de su casa, un desperfecto eléctrico le hace contactar a un técnico, y "las casualidades" de la vida, encuentra un anuncio pegado justo en un poste de la calle donde un profesional en electricidad ofrece su servicio.

La confirmación de estar embarazada se la había dado recientemente su ginecólogo, y esta razón es por lo que quiere que todo esté en orden en casa para que al final del día al llegar su esposo, darle la feliz noticia.

El hombre llama a la puerta, ella amablemente, le pide pasar para mostrarle el lugar donde ha sucedido el desperfecto eléctrico. Aquel hombre, tiene una mirada bastante "obscura" y un comportamiento extraño.

Ella, no advierte que aquel hombre que ha llamado ya se ha enterado de que ella está sola en casa, y que no deja de observarla. Mariana no tarda en darse cuenta que el hombre la mira con ojos libidinosos. Busca en su mente que hacer para que este hombre abandone cuanto antes su casa. Se halla muy incómoda y determina que debe hacer una llamada a su esposo, advirtiéndole lo que está aconteciendo, pero para su mala fortuna este no responde, su celular está ocupado.

Fue precisamente, en ese mismo momento cuando el hombre la abraza por atrás e intenta besarle el cuello, Mariana grita, pero las manos del hombre le tapan la boca y en aquel instante la lanza al suelo con intención de aprovecharse de ella.

La soledad del lugar fue el mejor aliado para que sucumbiera ante la fuerza del desconocido, que no conforme con ultrajarla quiso impedir que Mariana lo delatara, y este no tuvo otra salida que quitarle la vida, asfixiándola con sus propias manos. Y, huyó del lugar dejando el trabajo a medias y sin dejar huellas de su crimen.

«Como lo he anotado anteriormente, esta historia está inspirada en el relato de los verdaderos protagonistas de ella, que, si bien prefieren guardar reserva de su identidad deseaban contar esta experiencia que como no podía ser de otra manera marcó su vida para siempre».

## 10 años después

Renato y Luisa, llevan ya 10 años de matrimonio, ambos son profesionales y han prodigado de mucha atención a Sofía su hija única, parte de su rutina diaria es pasar a dejarla al colegio antes de ir a sus respectivos trabajos. Esta niña es muy cariñosa con sus padres, su rendimiento escolar es satisfactorio y hasta notable, pero es conocida por su mirada profunda y soñadora que hace pensar que siempre está como en "la Luna".

Su profesor, a menudo se sorprende que a pesar de una aparente desatención a las clases obtiene excelentes notas por todos sus trabajos, aun así, ambos padres conscientes de esta actitud han planificado llevarla a un especialista ya que a ellos les consta que Sofía, tiene muy poca sociabilidad con sus pares.

Tanto Renato como su esposa Luisa, comentan que los resultados a la consulta al psiquiatra respecto a la conducta de su hija, no acusan nada extraño, por el contrario, aseguran que es muy inteligente y por lo tanto no existen motivos para preocuparse.

Desde luego, este diagnóstico los dejó más tranquilos.

Sin embargo, Renato le comentó a la madre, que cada vez que regresa con ella del colegio por alguna razón que no se atreve a preguntárselo, ella siempre se queda mirando con especial atención una casa, y, que incluso en alguna oportunidad le ha dicho, que ella conoce quienes viven allí.

"Desde luego aquello no puede ser posible", dice Renato a su esposa. Luisa, que buscaba un buen momento para tranquilizar a su padre cuando halla la mejor oportunidad habla con la niña, pero quedó más preocupada con la respuesta de su hija.

-Sabes Sofía, que tu padre me contó que siempre que vuelven del colegio, tú te quedas mirando una casa y le dices que la conoces.

¿Porque le dices eso?

¡Porque la conozco!, responde Sofía.

Pero ¿cómo la vas a conocer? Si nunca hemos entrado allí.

¿Has entrado con alguien allí?

¡No!, solamente digo que la conozco. Repone la niña.

Había sin duda alguna en la pequeña una sensación de misterio que encetaban descubrir para ayudarla. Incluso, su madre llegó a pensar que tenía visiones respecto al pasado.

Cada cosa que Sofía estaba viviendo era un gran tema para sus padres, ambos habían buscado alguna señal de la medicina tradicional, pero ante este comportamiento tan impropio para una niña de su edad, planificaron ir más a fondo.

Ambos acordaron pasar por la casa en cuestión y detenerse para ver su reacción, pero Sofía, se ve convulsa y pide a sus padres volver a casa. Desde luego, los padres de Sofía entienden que claramente su hija está sintiendo cosas extrañas, no puede ser que la visión de una casa en la que no ha estado nunca la altere tanto.

Luisa, supone que a lo mejor ella tiene ciertas condiciones de médium o algo parecido para que tenga esta conducta. Esta suposición lo complica aún más, ya que desconocen el camino a seguir en su intento por ayudarla.

Renato y Luisa, tomaron el toro por las astas, y decidieron ir a la casa que tanto les intrigaba. Y se encontraron allí, con el dueño, de nombre Eduardo.

Se presentaron y de alguna manera le explicaron la situación que estaban viviendo con su hija de nueve años.

"Quisiéramos hacerle unas consultitas sobre la situación que estamos viviendo con nuestra hija, cada vez que pasamos por esta casa se pone muy triste y muchas veces llora".

Aquel hombre no alcanzó exactamente a entender que buscaba aquella pareja, y les pidió pasar al interior de la casa para poder hablar más tranquilamente.

Los padres le contaron la profunda preocupación que se había apoderado de ellos en relación a este comentario insistente de su hija, que aseguraba que conocía muy bien esta casa.

La conversación no dejó de sorprender a Eduardo, quien como profesor decía conocer mucho a los niños, de modo que decidió ayudar a los padres, aceptó a que su hija lo visitara algún día de estos junto a ellos, por cierto, únicamente, para dejar en evidencia de que mucho de lo que les sucede a ellos solo está en su imaginación.

"Veo que ustedes son unos padres muy preocupados por su pequeña, y si en mis manos está ayudarles no tengan miedo de pedirme ayuda yo siempre voy a estar ahí".

"¡Pero ojo!, que los niños a esta edad tienden a imaginar cosas".

Por algún grado de coincidencia desde que el abuelo materno de Sofía murió, esta suerte de conducta paranormal en ella, pareció agudizarse, y por esta razón entre las rutinas de la familia está el hecho de acudir sagradamente al cementerio, al menos una vez al mes, para visitar al abuelo.

En esa ocasión, la pequeña sin que sus padres se percataran, muy distraída se escabulló entre las tumbas, pasaron varios minutos antes que ellos tomaran conciencia que tardaba demasiado en regresar. Desde luego, pensaron que pudiera haberse extraviado y de inmediato comenzaron a buscarla en las proximidades.

De pronto se sintieron tan angustiados, ya que Sofía ni siquiera respondía a su llamado, cuando estaban a punto de entrar en pánico, lograron divisarla a lo lejos, muy distraída, ella estaba frente a una tumba.

Al acercarse, no pudieron dejar de quedar impactados, ya que Sofía estaba en completo silencio como si estuviera orando y con visibles lágrimas en su rostro. Aunque, lo sucedido era digno de un análisis psiquiátrico, Renato y Luisa, no quisieron presionar a su hija. Fue con este episodio que confirmaron su visita a la casa de Eduardo.

Tal como lo habían planificado los padres de Sofía, acordaron una cita con Eduardo para que en forma muy sutil ellos presentaran a su hija, desde luego la niña no estaba advertida de lo que ahí pasaría.

Renato, detuvo exprofeso el vehículo frente a la casa para ver su reacción.

¿Sofí, quieres que entremos a esa casa? El señor que vive allí nos ha invitado. Ella, accedió con un movimiento de cabeza.

Sofía, desde afuera observaba la casa con especial atención y con particular agudeza, y ante la posibilidad de visitarla, lejos de negarse asintió con rostro complaciente en su deseo por ir al interior de aquella atrayente casa.

Sus padres le confesaron que conocían al dueño y habían sido invitados a tomar un café. Sofía, no hizo cuestión y esperó simplemente el instante que sus padres hicieran el ingreso a ella.

Eduardo, el dueño de la casa sabiendo que no era prudente hablar más de la cuenta ignoró sutilmente a Sofía, para no darle muchos antecedentes en el sentido que todo era una puesta en escena para enfrentarla a esta suerte de recuerdo, por llamarle de alguna manera.

¿Hace mucho tiempo que da clases en la Universidad?, pregunta Renato.

Llevo muchos años, asiente Eduardo.

Mientras, los adultos conversaban la mirada de Sofía era demasiado aguda y curiosa, y recorría con atisbo todo lo que estaba al alcance de ella. En el intertanto, se paró y fue hacia un estante donde se hallaba una fotografía de Eduardo, junto a sus padres, cuando él se había graduado de profesor.

La niña tomó el retrato en sus manos y preguntó: ¿Cómo estaba Julio?

La madre sorprendida pregunta, ¿quién es el?

Eduardo responde, ¡mi papá!

La madre, aún más intrigada pregunta a Sofía, ¿cómo sabes que se llama Julio?

¡Porque es mi suegro!, responde Sofía.

Eduardo y los padres ríen "la gracia" de la niña. Ella, vuelve el retrato a su sitio y toma otro, regresa a la mesa y dice:

"También conozco a la señora Hortensia, tu madre".

Eduardo, contrariado vuelve la mirada hacia los padres y explica a ellos que su madre ya ha fallecido.

La situación se torna escalofriante por decir lo menos. Ninguno de los presentes podía dar crédito a lo que estaba sucediendo con esta niña, de tan solo nueve años.

Sofía, aclara que ella fue en vida la esposa de Eduardo.

Su declaración parecía una locura, pero antes que sus padres creyeran que estaba en efecto convirtiéndose loca, la niña, le dijo a Eduardo, que ella conocía cada lugar de esa casa y además le contó que había muerto en manos de un técnico electricista que en aquella ocasión se violentó con ella.

Sofía, señala el lugar donde la atacó el asesino. Eduardo, no podía creer lo que estaba escuchando de Sofía. La niña, le pidió permiso para recorrer el que supuestamente había sido su hogar de casada por años. Entonces, Sofía comenzó a deambular por cada espacio de aquella casa, en tanto que Eduardo y sus padres no salían de su asombro en la sala de estar. Ahí, sin la presencia de Sofía, Renato y Luisa, se enteraron que efectivamente, a la esposa de Eduardo le habían quitado la vida en el interior de aquella casa.

Y, que nunca la policía pudo dar con el paradero de su victimario. Eduardo, llegó a pensar que todo esto pudo haber estado preparado, muchos en el barrio estaban enterados de la situación que lo había convertido en un viudo. De manera que esta niña e incluso sus padres pudieron haber sabido esto con anterioridad y ahora solo estaban poniendo en marcha un plan con fines que el desconocía donde incluso podrían estar coludidos con doble sentido.

Eduardo, estaba en una verdadera encrucijada y toda esta experiencia era para el cómo estar viviendo una pesadilla, pero con los ojos abiertos.

Desde luego no podía dar crédito a tan extraño argumento.

¿Podría ser que su amada esposa estuviera reencarnada en esa niña?

Debía poner fin a esta farsa, y fue con este exacto propósito que delante de sus padres, cuando regresó Sofía de su inspección a la casa, decidió por todas desenmascararla con una incógnita que jamás se había atrevido a revelar.

¿Me podrías decir que te dijo el médico antes de morir?

El doctor Rivera, me dijo que estaba embarazada de dos meses.

Eduardo, no soporta aquella respuesta y se hecha a llorar a los pies de Sofía.

¡Quedó estupefacto!

Era efectivo que su ginecólogo la había llamado ese día para darle la buena nueva, que estaba embarazada. Sofía, agregó que como hubo un problema eléctrico antes de ir a su trabajo al jardín infantil, ella llamó a un maestro (electricista) para que todo estuviera en regla aquel día cuando le contara que ambos serian padres.

Le aseguró ahí mismo a Eduardo, que, había conseguido aquel dato del maestro, de un aviso que estaba colgado en un poste en la equina de la calle.

La verdad se manifestó ante Eduardo socavado sus recuerdos, y ahora superado por un hecho increíble, tenía inconciencia que estaba nada menos frente a la "nueva versión" de la que fue en vida su verdadera esposa.

## Tres meses después

Ciertamente, las dudas y las certezas le dieron un carácter de un antes y un después a este increíble episodio. Eduardo, cayó rendido ante el peso de las evidencias y decidió no contar a nadie sobre lo acontecido.

Ahora solo acude a casa de los padres de Sofía, para decirles que gracias a la concurrencia de su hija Sofía, en casa, y de su extraño, pero real relato, por fin pudo cerrar dignamente este capítulo en su vida.

Eduardo, recordó cada pasaje que mencionó Sofía, mientras estuvo de visita en su casa.

Absolutamente, todos eran para él, fidedignos, y por eso que cuando la tranquilidad y la aceptación lo retornaron a su estado de paz, este hombre le dijo a Renato y a luisa, que había encontrado en la cercanía de su casa, exactamente, tal como la niña le mencionó, en la esquina de la calle, el añoso letrero que publicitaba los servicios de aquel eléctrico que acudió al llamado de Mariana su esposa, el día en que este hombre le quitó la vida.

"La policía llamó a aquel teléfono y dio con su paradero. Hoy este hombre está tras las rejas", les dijo, asegurando que esa era la gran deuda que tenía con su amada esposa.

Eduardo, comenta a los padres de Sofía, que está muy contento ya que la policía encontró al asesino.

"Y, estoy muy agradecido con ustedes, como familia" ...

En ese instante entra a la estancia Sofía, para mostrar a sus padres que ha hecho sus tareas del día, pero curiosamente no le dirige la palabra a Eduardo, que está frente a ella.

La madre le pregunta, ¿no va a saludar?

Y ella, le responde: ¿Y quién es él?

«Este libro tiene un extraño mensaje cabalístico. En la página 44, hasta arriba, se puede también ver el número 44 que yo no he puesto allí con intención, me he dado cuenta posteriormente. Pero esta "coincidencia" no acaba aquí, al imprimir el libro tenía 67 años. Viví, un fenómeno paranormal en la primavera del año 1997 que me obligó a estar recluido en el hospital casi 2 meses. A causa de la impresión, no pude controlar aquel fenómeno.

Sí retrocedemos el tiempo: del año 2020, al año 1997, hay exactamente 23 años. Tenía 67, si a este número le restamos los 23 años, nos dará de nuevo el número: 44.

Hay todavía algo más, comencé la relación con Carla, mi esposa, exactamente, en el año 1976, si sumamos los años transcurridos del año 2020 al año 1976, nos dará de nuevo el número 44.

En la numerología, se suman los dígitos hasta 9, ya que el 10 se toma como 1, así que el número 44 pasará a convertirse en 8, es decir: la suma de 4+4. Pues bien, si sumamos los dígitos que contiene el número 1997 (año que enfermé) esto nos dará 17, por lo tanto 1+7 es igual a 8. Ahora, tomaremos el año 2006, cuando Carla enferma, tenemos: 2+6, esta suma nos da de nuevo, 8.

Pero no acaba todo aquí, Carla, nació en el año 1961, sumados estos números según las reglas numerológicas, nos dará el número 161, al sumar 1+6+1 tendremos de nuevo el número 8. Yo nací en el año 1952, la suma de estos números no da el dígito 152, que sumado: 1+5+2 se convierte en 8.

Lo más raro de todo es que si sumamos las "coincidencias", es decir, las veces en que aparece el número (8), nos da un total de 8. No creo en la casualidad todo es causal».

**Significado según la numerología:**

El número 8 significa el comienzo. Simboliza la transición entre el cielo y la tierra, y escrito horizontalmente representa el infinito. Está considerado como el número de la justicia y de la equidad.

Quizá, no deba, pero lo haré. Estamos viviendo tiempos convulsivos que están haciendo desmoronarse los paradigmas del pasado, y caminamos hacia un mundo más justo y equitativo, donde cada ser de la Tierra tendrá los mismos derechos y deberá ser respetado como lo que es, ya no habrá espacio para hacer diferencia entre razas y credos, estamos condenados a entendernos como seres provenientes de la misma fuente divina.

Entraremos pronto oficialmente a la Era de Acuario, la Era Dorada que tanto ha esperado la humanidad. Quizá, muchos hubiesen deseado haber vivido estos tiempos pues será un acontecimiento sin precedentes, y otros quizá, tengamos miedo de vivirlos.

Esta "coincidencia" de números 8, marca como lo describe la numerología, el camino hacia un mundo más justo, al encuentro espiritual con el que hemos soñado todos los seres de la Tierra. Todos los seres despiertos, espiritualmente hablando, sabemos que ya se ha abierto una nueva línea de tiempo. Ya no hay marcha atrás.

«El número 8, será clave para el futuro de la humanidad. Abrirá nuevos horizontes»

Dedico este libro a "Emma Schneider, y a Carla". ¡Gracias por existir!

VIVIR SIN ESPERANZA